## DELITTI CELEBRI: L'AVVELENATRICE

ALEXANDRE DUMAS nacque nel 1802 nell'Alta Francia, figlio di un generale della Rivoluzione francese che combatté al fianco di Napoleone. Nel 1823 si trasferì a Parigi ed entrò al servizio di Luigi Filippo, duca d'Orléans. Il 1829 fu l'anno della fama e Dumas decise di lasciare il suo impiego per lavorare esclusivamente alla messa in scena dei suoi primi drammi romantici alla Comédie-Française: *Enrico III e la sua corte*, il dramma *Christine*, *Napoleone Bonaparte*, e *Antony* e nel 1837 venne insignito della Legion d'onore. Alla fama straordinaria di queste prime opere si aggiunsero ben presto l'acclamata trilogia dei *Tre Moschettieri*, *Il conte di Montecristo* e una quantità considerevole di altre opere: romanzi, racconti e articoli per i giornali più in voga, spesso con l'aiuto di assistenti, quali ad esempio Gérard de Nerval. In poco più di un decennio vennero pubblicate quasi tutte le opere maggiori di Dumas, tra cui *La regina Margot*, *Il Visconte di Bragelonne* e *La collana della regina*. Nel 1843 Dumas sposò l'attrice Marguerite Ferrand, e comprò un terreno nel dipartimento dell'Yvelines, alla periferia di Parigi, dove fece costruire il suo castello di Montecristo. Nel 1847, dopo un tentativo fallito di avviare un suo teatro, il Théâtre-Historique, Dumas fu costretto a riparare in Belgio e accettò suo malgrado di vendere il suo amato castello per ripagare i creditori e ritornare a Parigi. Nel 1859 Dumas seguì Garibaldi e decise di finanziare la spedizione dei Mille, facendo il suo ingresso a Napoli al fianco di Garibaldi, e ivi rimase fino al 1864. Morì nel 1870.

SILVIA LICCIARDELLO MILLEPIED lavora nell'editoria dal 2012 e ha pubblicato e curato centinaia di opere letterarie. Tra le sue ultime traduzioni del 2023 troviamo i racconti di Katherine Mansfield *In una pensione tedesca*; diverse opere di Alexandre Dumas tra cui *I Borgia* e *I Cenci*; *Vita e avventure di Lazzarillo de Tormes* e molti altri. Maggiori informazioni su silvialicciardello.com.

# ALEXANDRE DUMAS

## *L'avvelenatrice*

DELITTI CELEBRI

Traduzione di S. LICCIARDELLO

IL CAVALIERE DELLE ROSE

ISBN: 979-10-378-0133-3

**www.immortalistore.com**

Edizione di riferimento: A. Dumas, *Les crimes célébres*, vol. I, impr. de C. Blot, Paris, 1871

Prima edizione nel «Cavaliere delle rose» dicembre 2023

© 2023 Silvia Licciardello Millepied

# INDICE

## LA MARCHESA DI BRINVILLIERS: L'AVVELENATRICE. 1676

Capitolo I ............................................................. I
Capitolo II ............................................................ 4
Capitolo III .......................................................... 12
Capitolo IV .......................................................... 17
Capitolo V ........................................................... 25
Capitolo VI .......................................................... 32
Capitolo VII ......................................................... 37
Capitolo VIII ........................................................ 46
Capitolo IX .......................................................... 61
Capitolo X ........................................................... 78
Capitolo XI .......................................................... 87
Capitolo XII ......................................................... 98

*Appendice* ............................................................ 107

*Dalla corrispondenza di Madame de Sévigné* (Ed. Louis Monmerqué, Paris, Hachette, 1862, tomo IV, pagg. 528-539.)

*558. – Lettera del 17 luglio 1676*
*559. – Lettera del 22 luglio 1676*

# CAPITOLO I

Verso la fine dell'anno 1665, in una bella sera d'autunno, molta gente si era raggruppata sulla parte del Pont-Neuf che scende verso la rue Dauphine.[1]
L'oggetto dell'attenzione pubblica, era una carrozza ermeticamente chiusa, della quale un commissario[2] si sforzava d'aprire lo sportello, mentre, delle quattro guardie formanti il suo seguito, due fermavano i cavalli, e le altre due trattenevano il cocchiere, il quale, sordo alle intimazioni ricevute, non aveva risposto se non cercando di mettere i suoi cavalli al galoppo.

Questa specie di lotta durava già da qualche tempo, quando d'improvviso, uno degli sportelli s'aprì con violenza, ed un giovane ufficiale, in divisa di capitano di cavalleria, balzò sul pavé, chiudendo al contempo lo sportello per cui era uscito, ma non abbastanza velocemente perché i più vicini non avessero avuto agio di distinguere nel fondo della carrozza, avvolta in una mantiglia e coperta d'un velo, una donna che, dalle precauzioni prese per nascondere il volto a tutti gli sguardi, pareva avere il maggiore interesse a rimanere incognita.

– Signore – disse il giovane, rivolgendosi con piglio altero e imperioso al commissario – siccome io presumo, se non erro, che voi abbiate da fare con me solo, vi pregherei di dirmi in virtù di quali poteri voi arrestaste questa carrozza

---

[1] Nel VI *arrondissement* di Parigi. (*N. d. T.*)
[2] Nel testo *exempt*, sottufficiale di cavalleria, o commissario di polizia, esentato dal servizio ordinario, che fa le veci del luogotenente in sua assenza. (*N. d. T.*)

in cui ero; ed ora che non ci sono più, vi impongo di ordinare ai vostri uomini di lasciarle continuare la sua strada.

– E per cominciare – rispose il commissario, senza lasciarsi intimorire da quel tono arrogante, e facendo segno alle guardie di non lasciar andare né il cocchiere, né i cavalli – abbiate la bontà di rispondere alle mie domande.

– Ascolto – disse il giovane, facendosi visibilmente forza per conservare il suo sangue freddo.

– Siete voi il cavaliere Gaudin de Sainte-Croix?

– Io in persona.

– Capitano nel reggimento di Tracy?

– Sissignore.

– Allora vi arresto in nome del Re.

– In virtù di qual ordine?

– In virtù di questa *lettre de cachet*.[3]

Il cavaliere fissò un rapido sguardo sul foglio che gli presentavano, ed avendo riconosciuto, alla prima occhiata, la firma del ministro di polizia, non parve più pensare se non alla donna rimasta nella carrozza; onde tornò tosto alla prima domanda da lui fatta.

– Va benissimo, signore – disse al commissario. – Ma questa *lettre de cachet* porta solo il mio nome, e, vi ripeto, non vi dà il diritto d'esporre come fate, alla pubblica curiosità la persona che stava con me. Vi prego di dare dunque ordine ai vostri uomini di permettere alla carrozza di continuare la sua strada, e conducetemi poi dove volete; sono pronto a seguirvi.

La domanda parve giusta, a quanto sembra, al pubblico

---

[3] La *lettre de cachet* era una lettera firmata dal re di Francia e da uno dei suoi ministri, su era apposto il sigillo reale (da cui il nome *cachet*), il più delle volte utilizzata per sbarazzarsi di un individuo indesiderato senza regolare processo e senza dargli la possibilità di difendersi. (*N. d. T.*)

ufficiale, poiché fece cenno ai suoi di lasciare il cocchiere e i cavalli, e questi, come se non avessero, da parte loro, aspettato che quel momento per partire, fendettero tosto la calca, che gli si aprì davanti, e portarono via con rapidità la donna per la quale il prigioniero pareva sì preoccupato.

Dal canto suo, come aveva promesso, Sainte-Croix non fece alcuna resistenza; seguì per alcuni istanti la propria guida in mezzo all'assembramento, la cui curiosità pareva rivolta su di lui; poi all'angolo del quai de l'Horloge,[4] avendo una guardia fatto venire innanzi una vettura da piazza colà nascosta, vi salì dentro colla medesima aria d'alterigia e di sdegno da lui serbata in tutto il tempo che aveva durata la scena testé descritta. Il commissario si sedette di fianco a lui, due guardie salirono di dietro, e le altre due, in virtù degli ordini probabilmente ricevuti dal loro superiore, si ritirarono, gettando al cocchiere quest'ultima parola: – Alla Bastiglia!

Ora, i nostri lettori, ci permetteranno di far loro conoscere ampiamente quello dei personaggi di questa storia che noi mettiamo in scena per primo.

---

[4] La banchina dell'Orologio del Palazzo della Conciergerie, Palazzo di Giustizia e Corte di Cassazione di Parigi, nel I *arrondissement*. (*N. d. T.*)

# CAPITOLO II

Il cavaliere Gaudin de Sainte-Croix, del quale non si conosceva l'origine, era, dicevano taluni, il bastardo d'un gran signore, mentre altri invece pretendevano che fosse nato da parenti poveri, e che non avendo potuto sopportare l'oscurità della propria nascita, egli le preferisse un disonore dorato, facendosi credere quello che non era. Il poco che si sapeva dunque di positivo a tal proposito, è ch'era nato a Montauban; quanto al suo stato attuale nel mondo, era capitano nel reggimento di Tracy.

Sainte-Croix, al tempo in cui incomincia il nostro racconto, vale a dire verso la fine dell'anno 1665, poteva avere dai ventotto ai trent'anni; era un bel giovane, di fisionomia lieta e piena di spirito, allegro compagno d'orgia e bravo capitano; faceva suo il piacere altrui, ed il suo carattere volubile abbracciava un disegno di pietà con tanta gioia, con quanta entrava in una partita di libertinaggio; facile d'altra parte ad innamorarsi, geloso fino al furore, foss'anche d'una cortigiana, quando questa gli era piaciuta; d'una prodigalità principesca, senza che questa facesse affidamento su qualche reddito; da ultimo sensibile all'ingiuria, come tutti quelli che, posti in una posizione eccezionale, pensano continuamente che tutta la gente, facendo allusione alla loro origine, abbia intenzione d'offenderli.

Ora, ecco per qual concatenamento di circostanze egli era giunto dove noi lo troviamo.

Verso il 1660, Sainte-Croix, essendo nell'esercito, aveva stretto conoscenza col marchese di Brinvilliers, aiutante di campo nel reggimento di Normandia. La loro età era quasi la stessa, la loro carriera li conduceva nella stessa direzione, le qualità ed i difetti loro, simili in tutto, avevano in breve cangiato quella semplice relazione in un'amicizia sincera; cosicché al suo ritorno dall'esercito il marchese di Brinvilliers aveva presentato Sainte-Croix a sua moglie, e lo aveva alloggiato in casa sua.

Questa intimità non aveva tardato a produrre i soliti risultati. La marchesa di Brinvilliers era allora appena ventottenne: nel 1651, vale a dire nove anni prima, aveva sposato il marchese di Brinvilliers, che godeva di trentamila livre di rendita, ed al quale aveva portato duecentomila livre di dote, senza contare la speranza della sua parte d'eredità. Si chiamava Marie-Madeleine; aveva due fratelli e una sorella, e suo padre, il signor Dreux d'Aubray, era luogotenente civile allo Châtelet di Parigi.[5]

All'età di ventott'anni la marchesa di Brinvilliers era in tutto lo splendore della sua beltà: di piccola statura, ma di forme perfette; il suo viso rotondo era d'un'incantevole dolcezza; i suoi tratti, tanto più regolari in quanto non erano mai alterati da alcun turbamento interiore, sembravano quelle d'una statua che, per un potere magico avesse momentaneamente ricevuta la vita,[6] e ciascuno poteva prendere pel riflesso della serenità di un'anima pura quella fredda e crudele impassibilità, che non era che una maschera per coprire il rimorso.

Sainte-Croix e la marchesa si piacquero a prima vista, e presto diventarono amanti. Quanto al marchese, sia ch'egli

---

[5] Grande fortezza edificata dal re Luigi VI di Francia nel I *arrondissement* di Parigi, adibita a prigione e poi demolita nel XIX sec. per far posto all'attuale Place du Châtelet. (*N. d. T.*)

[6] Rimando alla novella di Prosper Mérimée *La Venere d'Ille* (*La Vénus d'Ille*), scritta nel 1835 e pubblicata nel maggio 1837 sulla *Revue des Deux Mondes*, che a sua volta riprende il tema di *Zampa*, opéra–comique di Ferdinand Hérold (1831), su libretto di Mélesville. (*N. d. T.*)

fosse dotato di quella filosofia coniugale tanto comune a quel tempo, sia che i piaceri ai quali si abbandonava egli stesso, non gli dessero tempo d'accorgersi di quanto accadeva quasi sotto ai suoi occhi, non arrecò colla sua gelosia alcun impedimento a quella intimità, e continuò colle folli spese per le quali aveva già fortemente intaccato il suo patrimonio. Ben presto, i suoi affari si sbilanciarono a tal punto, che la marchesa, che non lo amava più, e che, in tutto l'ardore d'un nuovo amore, desiderava una libertà ancor maggiore, chiese ed ottenne una separazione. Da quel momento lasciò la casa coniugale, e senza più alcuno scrupolo al mondo si mostrò dovunque ed in pubblico con Sainte-Croix.

Quel commercio, autorizzato del resto dall'esempio de' più grandi signori, non fece alcuna impressione sul marchese di Brinvilliers, che continuò a rovinarsi allegramente, senza inquietarsi di quanto faceva sua moglie. Ma non fu così per il signor Dreux d'Aubray, il quale aveva conservato gli scrupoli della nobiltà di toga; scandalizzato dai disordini della figlia, e temendo che si riflettessero su di lui e macchiassero la sua reputazione, ottenne una *lettre de cachet* che l'autorizzava a far arrestare Sainte-Croix dovunque l'incontrasse chi ne fosse il portatore. Abbiamo visto come venne posta ad effetto nel momento stesso in cui Sainte-Croix si trovava nella carrozza della marchesa di Brinvilliers, che i nostri lettori hanno per certo già riconosciuta nella donna che si nascondeva con tanta cura.[7]

Si comprenderà, col carattere di Sainte-Croix, qual violenza dovette fare a se stesso per non lasciarsi trasportare

---

[7] *Memoriale del processo straordinario contro la signora de Brinvilliers, prigioniera alla Conciergerie del Palazzo di giustizia, accusata*, pag. 3. (*Memoire du procez extraordinaire contre la dame de Brinvilliers, prisonniere en la Conciergerie du Palais, accuseé*. À Paris : Chez Pierre Auboüin et chez Iacques Villery, 1676. *N. d. T.*)

dall'ira quando si trovò in tal modo arrestato in mezzo alla via: cosicché, sebbene, durante tutto il tragitto, non pronunciasse una parola sola, era facile scorgere che una terribile tempesta gli si addensava nell'animo e non avrebbe tardato a scoppiare. Tuttavia, egli conservò la medesima impassibilità fin allora mostrata, non solo quando vide aprirsi e chiudere le porte fatali che, come quelle dell'inferno, avevano sì spesso comandato, a coloro che inghiottivano, di lasciare ogni speranza sulla soglia;[8] ma anche nel rispondere alle domande d'uso che gli rivolse il governatore: la sua voce restò impassibile, e fu con mano abbastanza ferma ch'egli firmò il registro dei carcerati che gli venne presentato. Prontamente un carceriere, dopo aver preso gli ordini del governatore, invitò il prigioniero a seguirlo, e fatti alcuni giri nei freddi ed umidi corridoi, dove la luce del giorno penetrava talvolta, ma l'aria giammai, aprì la porta d'una stanza, dove appena Sainte-Croix vi fu entrato, udì la porta chiudersi dietro a lui.

Allo stridio de' catenacci, Sainte-Croix si volse: il carceriere lo aveva lasciato senz'altro lume che quello della luna, che, passando attraverso le inferriate d'una finestra alta otto o dieci piedi, cadeva sovra un meschino lettuccio, che rischiarava, immergendo tutto il resto della stanza in una profonda oscurità. Il prigioniero si fermò un istante in piedi ad ascoltare; poi, quando ebbe udito i passi perdersi in lontananza, certo finalmente d'esser solo, e giunto a quel grado di rabbia nel quale bisogna che il cuore scoppi o si spezzi, si buttò sul letto con un ruggito più simile a quello d'una bestia feroce che a quello d'una creatura umana, maledicendo gli uomini che lo avevano così tolto all'allegra sua vita per gettarlo in un carcere, maledicendo Dio che li lasciava fare,

---

[8] Rimando alla *Divina Commedia* di Dante Alighieri, Canto III dell'*Inferno*, v. 9. (*N. d. T.*)

e chiamando in aiuto ogni potere, qualunque fosse, che gli procurasse la vendetta e la libertà.

All'istante, e come se le sue parole l'avessero fatto sorgere dal seno della terra, un uomo magro, pallido, dai capelli lunghi e vestito d'una giubba nera, entrò lentamente nel cerchio di luce turchiniccia che cadeva dalla finestra, e si avvicinò al letto sul quale giaceva Sainte-Croix. Per coraggioso che fosse il prigioniero, quell'apparizione rispondeva talmente alle sue parole, che in quel tempo, in cui si credeva ancora ai misteri degl'incantesimi e della magia, non dubitò un istante che il nemico del genere umano, il quale s'aggira di continuo intorno all'uomo, non l'avesse inteso e non venisse alla sua voce. Egli si sollevò dunque sul letto, cercando macchinalmente l'elsa della spada nel posto dove, due ore prima, stava ancora, e ad ogni passo che l'essere misterioso e fantastico faceva verso di lui, gli si rizzavano i capelli in fronte, ed un freddo sudore gli scorreva giù pel volto. Finalmente l'apparizione si fermò, ed il fantasma ed il prigioniero stettero per un istante in silenzio e si fissarono scambievolmente; allora l'essere misterioso prese pel primo la parola, e con voce cupa:

– Giovane – gli disse – tu hai chiesto all'inferno un mezzo di vendicarti degli uomini che ti hanno proscritto, e di lottare contro Dio che ti abbandona: questo mezzo io ce l'ho e vengo ad offrirtelo. Hai tu il coraggio d'accettarlo?

– Ma prima di tutto – chiese Sainte-Croix – chi sei tu?

– Che bisogno hai di sapere chi sia io – ripigliò lo sconosciuto – dal momento ch'io vengo quando tu mi chiami e ti porto quello che tu chiedi?

– Non importa – rispose Sainte-Croix, pensando sempre d'avere a che fare con un essere soprannaturale; – quando si fa un simile patto, è sempre meglio sapere con chi si tratta.

– Ebbene! giacché tu vuoi saperlo – disse lo straniero – sono l'italiano Exili.

Sainte-Croix sentì un nuovo brivido scorrergli per le vene, passando al suono di questo nome, da una visione infernale ad una terribile realtà. Infatti, il nome che lui aveva appena udito era allora orrendamente celebre, non solo per tutta la Francia, ma anche per tutta l'Italia. Cacciato da Roma sotto l'accusa di numerosi avvelenamenti, di cui non si erano potute trovare le prove, Exili era venuto a Parigi, dove presto, come nel suo paese natio, aveva attirato sopra di sé gli sguardi dell'autorità; ma a Parigi come a Roma, non si era riusciti a far cambiare idea al discepolo di René[9] e della Tofana[10]. Quantunque non ci fossero prove della sua reità, vi era una convinzione morale abbastanza grande, perché non si esitasse a decretarne l'arresto. Una *lettre de cachet* era stata promossa contro di lui, e arrestato, Exili, era stato condotto alla Bastiglia. Era lì già da sei mesi circa, quando Sainte-Croix vi fu condotto a sua volta. Siccome a quel tempo i prigionieri erano numerosi, il direttore aveva fatto condurre il suo nuovo ospite nella stanza del vecchio, e aveva riunito Exili a Sainte-Croix, senza pensare che accoppiava due demoni. Ora, i lettori comprenderanno il resto. Sainte-Croix era entrato in quella stanza dove il carceriere l'aveva lasciato senza lume, e dove, nell'oscurità, non aveva potuto distinguere un secondo inquilino;[11] si era allora

---

[9] René Le Florentin, al secolo Renato Bianco, celebre profumiere italiano del XVI secolo al seguito di Caterina de' Medici, noto anche per i suoi guanti profumati imbevuti di veleno regalati a Jeanne d'Albret, madre di Enrico IV. (*N. d. T.*)

[10] Giulia Tofana, celebre avvelenatrice del XVII secolo, figlia o nipote del criminale Thofania d'Adamo, nota per l'acqua tofana e per aver provocato la morte di circa 600 persone. (*N. d. T.*)

[11] Nel testo *second commensal* farebbe pensare alla parola inquilino nell'accezione zoologica e botanica del termine. (*N. d. T.*)

abbandonato alla collera, e le sue imprecazioni, avendo rivelato ad Exili l'odio suo, questi aveva colto quell'occasione di farsi un discepolo potente e devoto, il quale, una volta uscito, gli avrebbe fatto aprire le porte del carcere a sua volta, o che almeno lo avrebbe vendicato, se doveva restare eternamente prigioniero.[12]

Questa ripugnanza di Sainte-Croix pel compagno di stanza non durò a lungo, e l'abile maestro trovò un degno scolaro. Sainte-Croix, col suo bizzarro carattere composto di bene e di male, miscela di qualità e difetti, miscuglio di vizi e di virtù, era giunto a quel punto supremo della vita, in cui gli uni dovevano vincere sugli altri. Se, nello stato in cui si trovava, un angelo l'avesse preso, forse l'avrebbe condotto a Dio: incontrò un demonio, e il demonio lo trasse a Satana.

Exili non era un volgare avvelenatore, era un grande artista in veleni, e seguace della scuola dei Medici e dei Borgia. Per lui l'omicidio era diventato un'arte, e l'aveva sottoposto a regole fisse e positive: talché era giunto al punto da non esser più l'interesse che lo guidava, ma un desiderio irresistibile di sperimentazione. Dio riservò la creazione per la sola potenza divina, ed abbandonò la distruzione alla potenza umana: ne risulta che l'uomo crede farsi uguale a Dio, distruggendo. Tale era l'orgoglio d'Exili, cupo e pallido alchimista del nulla, il quale, lasciando agli altri la cura di cercare il segreto della vita, aveva trovato quello della morte. Sainte-Croix esitò qualche tempo, ma alla fine cedette alle provocazioni del compagno, il quale, accusando i Francesi di porre la buona fede fin ne' delitti, glieli fece vedere quasi sempre avvolti essi medesimi nella loro propria vendetta e

---

12 Invettiva della signora Marie Vossier, vedova del messere Pierre de Hannyvel, signore di Saint–Laurent, contro Pierre–Louis Reich de Penautier, pag. 7.

soccombenti col nemico, mentre avrebbero potuto sopravvivergli ed insultare alla morte sua. In opposizione a quello scoppio, che spesso attira sull'uccisore una morte più crudele di quella ch'egli dà, mostrò l'astuzia fiorentina, colla bocca sorridente e l'implacabile suo veleno. Gli nominò quelle polveri e que' liquori, taluni de' quali sono occulti e consumano mediante languori sì lenti, che il malato muore con lunghi gemiti, e gli altri sono sì violenti e rapidi, che uccidono come la folgore, senza lasciare il tempo a chi n'è colpito di urlare. A poco a poco Sainte-Croix s'interessò a quel gioco terribile che mette la vita di tutti nelle mani d'un solo. Cominciò col condividere le esperienze d'Exili; poi, a sua volta, fu abbastanza abile da farne egli stesso, e, quando in capo ad un anno, uscì dalla Bastiglia, l'allievo aveva quasi eguagliato il maestro.

# CAPITOLO III

Sainte-Croix rientrava nella società, che lo aveva esiliato per un momento, forte d'un segreto fatale, col cui aiuto poteva renderle tutto il male che ne aveva ricevuto. Poco dopo Exili uscì a sua volta, si ignora dietro quali istanze, ed andò a trovare Sainte-Croix, il quale gli affittò una stanza in nome del suo intendente, Martin de Breuille; quella stanza era situata nel vicolo de' Mercanti di cavalli della place Maubert, ed apparteneva a certa signora Brunet.[13]

Si ignora se, durante il suo soggiorno alla Bastiglia, la marchesa di Brinvilliers avesse avuto occasione di vedere Sainte-Croix; ma quello che è certo, è che subito dopo l'uscita del prigioniero, i due amanti si ritrovarono più innamorati che mai. Tuttavia, avevano imparato per esperienza ciò che dovevano temere; così risolsero di fare al più presto la prova della scienza che aveva acquisito Sainte-Croix, e il signor d'Aubray fu scelto dalla figlia stessa come prima vittima. Così ella si sbarazzava d'un censore rigido ed incomodo a' suoi piaceri; mentre al tempo stesso riparava, con l'eredità paterna, il suo patrimonio quasi tutto scialacquato dal marito.

Tuttavia, poiché quando si vibra un colpo simile, dev'essere decisivo, la marchesa volle esperimentare prima i veleni di Sainte-Croix su qualcun altro che non fosse suo padre. A tale scopo un giorno che la sua cameriera, chiamata Françoise Roussel, entrava da lei dopo colazione, le diede una fetta di prosciutto e dei ribes canditi, perché

---

13 Interrogatorio di Sautereau, pag. 36.

facesse colazione anche lei. La giovane, senza diffidenza, mangiò quanto le aveva dato la sua padrona;[14] ma, quasi immediatamente, si sentì indisposta, *provando un gran male allo stomaco, e sentendo come se le pungessero il cuore con degli spilli*.[15] Tuttavia non ne morì, e la marchesa vide che il veleno aveva bisogno d'acquistare un grado maggiore d'intensità; di conseguenza, lo restituì a Sainte-Croix, il quale, in capo ad alcuni giorni, glie ne portò un altro.

Era venuto il tempo d'adoperarlo. Il signor d'Aubray, stanco de' lavori del suo ufficio, doveva andare a trascorrere le vacanze nel suo castello d'Offemont. La signora marchesa s'offrì d'accompagnarlo. Il signor d'Aubray credeva che le sue relazioni con Sainte-Croix fossero cessate e accettò con gioia.

Offemont era un recesso quale conveniva per eseguire un simile delitto. Situato nel mezzo del bosco dell'Aigue,[16] a tre o quattro leghe da Compiègne, il veleno avrebbe certamente fatto progressi abbastanza violenti prima dell'arrivo dei soccorsi, e a quel punto sarebbero stati inutili.

Il signor d'Aubray partì con sua figlia ed un solo domestico. Mai la marchesa aveva avuto pel padre le cure infinite, le premurose attenzioni colle quali lo circondò durante questo viaggio. Dal canto suo, come Cristo, che senza aver avuto dei figli, aveva un cuore di padre, *monsieur* d'Aubray l'amava assai di più adesso che la credeva pentita, che se ella non avesse mai peccato.

Fu allora che la marchesa chiamò in suo aiuto quella terribile impassibilità del volto, della quale abbiamo già parlato: sempre vicina al padre, dormendo nella stanza attigua alla sua, mangiando con lui, colmandolo d'attenzioni, di

---

14 *Memoriale del processo*, op. cit. pag. 16.
15 Deposizione della cameriera Françoise Roussel.
16 Odierna foresta di Laigue, a Nord di Parigi. (*N. d. T.*).

carezze e di premure, a tal punto da non volere che un'altra persona lo servisse, dovette farsi, in mezzo a' suoi progetti infami, un volto sorridente ed aperto, sul quale l'occhio più sospettoso nulla potesse leggere fuor che tenerezza e pietà. E fu con questa maschera ch'ella gli presentò, una sera, un brodo avvelenato. Il signor d'Aubray lo prese dalle sue mani; ella glielo vide avvicinarsi alla sua bocca, lo seguì con gli occhi fin nel suo petto, e non un segno svelò su quel volto di bronzo la terribile ansia che doveva stringerle il cuore. Poi, quando il padre l'ebbe bevuto tutto, ed ella ebbe ricevuto senza tremare la tazza sul piatto che egli le porgeva, si ritirò nella propria stanza, aspettando ed ascoltando.[17]

Gli effetti della bevanda furono rapidi: la marchesa udì il padre emettere qualche lamento, poi da' lamenti passare a' gemiti. Finalmente, non potendo più resistere ai dolori che provava, chiamò la figlia ad alta voce. La marchesa entrò.

Ma questa volta la fisionomia di lei portava l'impronta della più sentita inquietudine, e d'Aubray si trovò costretto a rassicurarla sul suo stato; egli medesimo non credeva che a una leggera indisposizione, e non voleva che si disturbasse un medico. Infine, fu preso da vomiti sì terribili, seguiti subito da dolori di stomaco tanto insopportabili, ch'egli cedette alle istanze della figlia, e diede ordine di correre a cercar soccorso. Verso le otto del mattino giunse un medico; ma già tutto quello che poteva guidare le investigazioni della scienza era scomparso; il dottore, in quello che gli raccontò d'Aubray, non vide che i sintomi d'una indigestione, la trattò per tale e ritornò a Compiègne.

La marchesa per tutto quel giorno non abbandonò il malato. Venuta la notte si fece preparare un letto nella medesima stanza, e dichiarò di volerlo vegliare ella sola: poté

---

17 *Memoriale del processo, op. cit.* pag. 4.

dunque studiare tutti i progressi del male, e seguire cogli occhi la lotta che la morte e la vita combattevano nel petto del padre.

Il domani il dottore tornò: il signor d'Aubray stava peggio: i vomiti erano cessati, ma i dolori di stomaco erano diventati più acuti, e degli strani bruciori gli straziavano le viscere; il dottore ordinò un trattamento che esigeva il ritorno del malato a Parigi. Però il malato era già così debole, che esitò se non fosse stato meglio farsi condurre anche semplicemente a Compiègne; ma la marchesa insisté tanto sulla necessità di cure più complete ed intelligenti di quelle che poteva ricevere fuori di casa, che il signor d'Aubray decise di ritornare a casa.

Fece il tragitto coricato nella sua carrozza e colla testa appoggiata sulla spalla della figlia; l'apparenza non si smentì un istante, e per tutto il viaggio la marchesa de Brinvilliers, rimase la stessa; infine d'Aubray giunse a Parigi. Tutto era proceduto secondo i desideri della marchesa: il teatro della scena era mutato; il medico che aveva veduto i sintomi non avrebbe visto l'agonia; nessun occhio avrebbe, studiando il progresso del male, potuto scoprirne le cause; il filo dell'investigazione era rotto a metà, e le due parti erano ormai troppo lontane adesso perché vi fosse probabilità che si riannodassero.

Malgrado le cure più premurose, lo stato del signor d'Aubray continuò a peggiorare; la marchesa, fedele alla sua missione, non lo abbandonò un'ora; infine, in capo a quattro giorni d'agonia, spirò tra le braccia della figlia, benedicendo colei che l'aveva assassinato.

Allora, il dolore della marchesa scoppiò in sentimenti sì vivi ed in singhiozzi sì profondi, che quello de' fratelli parve freddo a confronto del suo. Del resto, poiché nessuno sospettava il delitto, non fu eseguita l'autopsia e la salma venne tumulata senza che il più leggero sospetto planasse sopra di lei.

Tuttavia la marchesa aveva raggiunto appena la metà del suo scopo: ella si era sì procurata una libertà più grande per i suoi amori; ma la successione di suo padre non le era stata vantaggiosa come aveva sperato; la maggior parte de' beni, con la carica, erano toccati al fratello maggiore, ed al secondogenito, che era consigliere in Parlamento; la posizione della marchesa si trovava dunque mediocremente migliorata dal lato economico.

# CAPITOLO IV

Sainte-Croix, menava vita allegra e dispendiosa, quantunque nessuno gli conoscesse un patrimonio, aveva un intendente di nome Martin, tre lacchè chiamati Georges, Lapierre e La Chaussée, in più, oltre alla sua carrozza ed il suo equipaggio, de' portantini ordinari per le sue escursioni notturne. Per il resto, essendo egli giovane e bello, la gente non s'inquietava troppo dell'origine di tanto lusso. Era uso, a que' tempi, che i cavalieri compiti non mancassero di nulla, e si diceva di Sainte-Croix ch'egli aveva trovato la pietra filosofale.[18]

Nelle sue relazioni col bel mondo egli era diventato amico di parecchie persone, sia di nobili, che di ricchi; fra questi ultimi c'era un certo Reich di Penautier, ricevitore generale del clero e tesoriere della Borsa degli Stati della Linguadoca; era un milionario, uno di quegli uomini cui tutto riesce, e che sembrano, con l'aiuto del loro denaro, dettar leggi alle cose che non ne ricevono se non da Dio.

E in effetti, Reich di Penautier era associato d'interessi e d'affari con un certo d'Alibert, suo primo commesso, che morì ad un tratto d'apoplessia; la sua morte fu conosciuta da Penautier prima della famiglia; le carte comprovanti la società sparirono, non si sa come, e la moglie e il figlio del d'Alibert furono rovinati.

Il cognato di d'Alibert, signore della Magdelaine, ebbe alcuni vaghi sospetti su questa morte, e volle approfondire; per conseguenza cominciò a fare indagini, ma nel bel

---

[18] Interrogatorio di Belleguise, 2 agosto 1676, pag. 38.

mezzo delle sue ricerche morì repentinamente.[19]

In un punto solo la fortuna pareva avere abbandonato il suo favorito: il signor Penautier aveva un grande desiderio di succedere al signor di Mennevillette, ricevitore del clero; quella carica valeva sessantamila livre circa, e sapendo che Mennevillette stava per disfarsene a favore del suo primo commesso, il messere Pierre Hanyvel, signore di Saint-Laurent, aveva fatto tutti i passi necessari per comprarla a detrimento di quest'ultimo; ma, sostenuto ad oltranza dai reverendi del clero, il signor di Saint-Laurent aveva ottenuto gratis la sopravvivenza del titolare; cosa che non si era mai fatta. Penautier gli aveva allora offerto quarantamila scudi perché lo accettasse come socio in quella carica; ma Saint-Laurent aveva ricusato. Le loro relazioni però non erano cessate e continuavano a vedersi: del resto, Penautier passava per un uomo così predestinato, che non c'era dubbio che un giorno o l'altro avrebbe ottenuto con un mezzo qualunque la carica a cui aveva tanto ambito.

Quelli che non credevano ai misteri dell'alchimia, dicevano che Sainte-Croix faceva affari con Penautier.

Frattanto, passato il tempo del lutto, le relazioni di Sainte-Croix colla marchesa avevano ripreso con tutti i loro vecchi pettegolezzi. I fratelli d'Aubray ne fecero parlare alla Brinvilliers da una sorella minore ch'ella aveva nel convento delle Carmelitane, e la marchesa capì che il padre morendo aveva lasciato ai suoi fratelli la sorveglianza della sua condotta.

In conseguenza il primo delitto della marchesa era stato quasi inutile; ella aveva voluto sbarazzarsi delle rimostranze di suo padre, ed ereditarne il patrimonio; questo non le era pervenuto che diminuito della parte de' suoi fratelli maggiori, al punto che era bastato appena a pagare i suoi debiti;

---

[19] Invettiva della signora Marie Vossier, *op. cit.* pag. 15.

ed ecco le rimostranze rinascere nella bocca de' fratelli, uno de' quali, nella sua qualità di luogotenente civile, poteva separarla una seconda volta dall'amante.

Conveniva prevenire queste cose: La Chaussée lasciò il servizio di Sainte-Croix, e tre mesi dopo entrò, per intromissione della marchesa, al servizio del consigliere al Parlamento, che coabitava col fratello luogotenente civile.

Questa volta non si poteva adoperare un veleno rapidamente mortale come quello che era servito col signor d'Aubray: una morte che uccidesse sì prontamente nella stessa famiglia, avrebbe potuto destare dei sospetti. Si ricominciarono gli esperimenti, non già su degli animali, ché le differenze anatomiche esistenti fra i diversi organismi avrebbero potuto far errare la scienza, ma, come la prima volta, si provò sopra soggetti umani, come la prima volta si sperimentò *in anima vili*.[20]

La marchesa era conosciuta come una donna pia e benefica; raramente la miseria si rivolgeva a lei senza sentirsene sollevata: inoltre partecipando alle cure delle sante fanciulle che si dedicavano al servizio degl'infermi, frequentava talvolta gli ospedali, ai quali mandava vino e medicine; nessuno si meravigliò dunque, vedendola, come al solito, comparire a l'Hôtel-Dieu;[21] questa volta portava biscotti e confetture per i convalescenti; i suoi doni, come sempre, furono ricevuti con riconoscenza.

Un mese dopo, ripassò dall'ospedale e s'informò su alcuni malati pe' quali aveva preso vivo interesse. Dopo la sua visita avevano sofferto una ricaduta, e la malattia, cangiando

---

[20] Nel testo in latino. Rimando all'anatomia patologica e alla dissezione dei cadaveri, in cui le esercitazioni anatomico-chirurgiche erano consentite solo *in corpore vili*, cioè sui criminali. (*N. d. T.*)

[21] L'Hôtel-Dieu di Parigi è un complesso ospedaliero accanto alla cattedrale di Notre-Dame, nel IV *arrondissement*. (*N. d. T.*)

di carattere, aveva assunto maggior gravità. Era un languore mortale che li conduceva alla morte per uno strano deperimento. Interrogò i medici i quali non poterono dirle nulla: quella malattia era loro ignota, e deludeva tutte le risorse della loro arte.

Quindici giorni dopo ella ritornò; alcuni de' malati erano morti, altri erano ancora vivi, ma in una disperata agonia: scheletri animati, non avevano più dell'esistenza che la voce, la vista e l'alito.

In capo a due mesi, erano tutti morti, e la medicina era stata cieca nell'autopsia del cadavere, come lo era stata nella cura del moribondo.

Simili prove erano rassicuranti, e La Chaussée ricevette l'ordine di compiere le sue istruzioni.[22] Un giorno il signor luogotenente civile suonò, La Chaussée che, come avevamo detto, serviva il consigliere, entrò per prendere i suoi ordini; lo trovò che lavorava col suo segretario, certo Cousté; quello che desiderava il signor d'Aubray erano un bicchiere d'acqua e uno di vino. La Chaussée rientrò un istante dopo con le bevande richieste.

Il luogotenente civile portò il bicchiere alle labbra, ma al primo sorso lo sputò gridando: – Che m'hai dato, sciagurato? credo che tu voglia avvelenarmi. – Poi, stendendo il bicchiere al suo segretario: – Guardate questo, Cousté – gli disse – che cosa c'è qui dentro?[23]

Il segretario versò alcune gocce del liquido in un cucchiaino da caffè, e l'accostò al naso ed alla bocca: il liquido avea l'odore e il sapore amaro del vetriolo. Nel frattempo La Chaussée avanzò verso il segretario, dicendo di sapere che cos'era, che un valletto del consigliere avea preso una medicina la mattina stessa, e senza fare attenzione, aveva

---

[22] *Storia del processo della marchesa de Brinvilliers*, pag. 331.
[23] *Memoriale del processo, op. cit.* pag. 4.

certo adoperato il bicchiere che aveva servito al suo collega. Ciò detto, ripigliò il bicchiere dalle mani del segretario, l'accostò alla bocca, poi, fingendo d'assaggiarlo, a sua volta, disse ch'era proprio quello, che riconosceva il medesimo odore, e gettò il liquido nel caminetto.[24]

Siccome il luogotenente civile non aveva assunto una sufficiente quantità di quella bevanda per esserne incomodato, dimenticò in breve quella circostanza, e non conservò nulla del sospetto istintivamente presentatosi alla sua mente; quanto a Sainte-Croix e alla marchesa, videro ch'era un colpo fallito, e, a rischio d'avvolgere parecchie persone nella loro vendetta, si risolsero ad impiegare un altro mezzo.

Tre mesi scorsero senza trovare l'occasione favorevole; ma, finalmente, verso i primi d'aprile del 1670, il luogotenente civile condusse il fratello consigliere a passare le feste di Pasqua nella sua terra di Villequoy en Beauce; La Chaussée seguì il suo padrone, e al momento di partire ricevette nuove istruzioni.

L'indomani del loro arrivo in campagna, a pranzo, venne servito uno sformato di piccioni: sette persone che lo mangiarono si sentirono indisposte dopo il pranzo; tre che se n'erano astenute non provarono alcun incomodo.

Coloro sui quali la sostanza venefica aveva particolarmente agito erano il luogotenente civile, il consigliere ed il cavaliere della guardia.[25] Sia ch'egli ne avesse mangiato in maggior quantità, o che la prova già fatta del veleno l'avesse predisposto ad una impressione maggiore, il luogotenente civile fu preso pel primo da' vomiti;[26] due ore dopo, il consigliere provò i medesimi sintomi; quanto al cavaliere della

---

24 *Storia del processo*, op. cit. pag. 334.
25 Madame de Sévigné, lettera CCXCII.
26 *Memoriale del processo*, op. cit. pag. 5.

guardia ed alle altre persone, furono in preda per alcuni giorni a dolori di stomaco orribili; ma il loro stato non presentò, fin dal principio lo stesso carattere di gravità di quello de' due fratelli.

Anche questa volta, come al solito, i soccorsi della medicina furono impotenti. Il 12 aprile, vale a dire cinque giorni dopo l'avvelenamento, il luogotenente civile ed il consigliere tornarono a Parigi, entrambi così cangiati, che pareva fossero usciti da una lunga e crudele malattia.[27] La signora di Brinvilliers era allora in campagna, e non tornò per tutto il tempo che durò la malattia dei suoi fratelli.

Fin dal primo consulto, al quale il luogotenente civile fu assoggettato, ogni speranza da parte de' medici fu perduta. Erano gli stessi sintomi del medesimo male cui avea soggiaciuto il signor d'Aubray padre; essi credettero ad una malattia ereditaria e sconosciuta, e dichiararono lo stato del malato disperato.

E difatti, il suo stato andò peggiorando sempre più; egli aveva un'avversione insuperabile per ogni specie di carne, ed i suoi vomiti non cessavano. Nei tre ultimi giorni della sua vita si lagnava d'avere come un fuoco ardente nel petto, e la fiamma interna che lo divorava pareva uscirgli dagli occhi, sola parte del corpo che restasse ancor viva, quanto al resto non era già più che un cadavere. Infine, il 17 giugno 1670 spirò; il veleno aveva impiegato settantadue giorni a compiere l'opera sua.

I sospetti cominciarono a nascere; il cadavere del luogotenente civile fu aperto, e steso il relativo processo verbale dell'autopsia. L'operazione fu fatta, in presenza de' signori Dupré e Durant, chirurghi, e Gavart, farmacista, da Bachot, medico ordinario de' due fratelli; essi trovarono lo stomaco e il duodeno neri e tutt'a pezzi, ed il fega-

---

[27] *Storia del processo, op. cit.* pag. 335.

to incancrenito e bruciato. Riconobbero che quei danni avevano dovuto essere prodotti dal veleno; ma poiché la presenza di certi umori arreca talvolta gli stessi fenomeni, non osarono affermare che la morte del luogotenente civile non fosse naturale, e fu sepolto senza fare ulteriori ricerche.[28]

Bachot avea reclamato l'autopsia del fratello del consigliere, in specie qual medico di quest'ultimo. Sembrava ch'egli fosse affetto dalla medesima malattia del maggiore, e il dottore sperava di trovare nella morte stessa le armi per difendere la vita. Il consigliere, provato da una febbre ardente, era in preda ad agitazioni d'animo e di corpo d'una violenza estrema e continua; non trovava posizione alcuna che potesse sopportare oltre qualche minuto. Il letto era per lui un supplizio; e tuttavia, appena lo aveva lasciato, lo ridomandava, per cangiare almeno i dolori.[29] Alla fine, dopo tre mesi, morì. Aveva lo stomaco, il duodeno ed il fegato nel medesimo stato di disorganizzazione di quello del fratello, e per di più il corpo bruciato esteriormente; *ciò ch'era*, dissero i medici, *un segno non equivoco di veleno; benché avvenga però*, essi soggiunsero, *che una calcolosi produca i medesimi effetti*. Quanto a La Chaussée, fu tanto lontano dall'essere sospettato autore di quella morte, che il consigliere, riconoscente delle cure prestategli in quell'ultima malattia, gli lasciò in testamento un legato di cento scudi; d'altra parte ricevette pure mille franchi da Sainte-Croix e dalla marchesa.

Tuttavia, tante morti in una sola famiglia, affliggevano non solo il cuore, ma spaventavano lo spirito. La morte non è astiosa; è sorda e cieca, null'altro, ed ognuno si stupiva del suo accanimento a distruggere tutti quelli che

---

[28] Deposizione del medico Bachot.
[29] Invettiva contro Pierre-Louis Reich de Penautier, pag. 12.

portavano il medesimo nome. Eppure nessuno sospettò i veri colpevoli, gli sguardi si perdettero, le ricerche si smarrirono; la marchesa vestì il lutto per i suoi fratelli, Sainte-Croix continuò le sue spese pazze, e tutto procedette come di consueto.

# CAPITOLO V

Nel frattempo, Sainte-Croix avea fatto conoscenza col signore di Saint-Laurent, lo stesso del quale Penautier aveva agognata la carica senza poterla ottenere, e strinse amicizia con lui. Benché, nell'intervallo, il signor Penautier avesse ereditato dal suocero Lesecq, morto quando meno se lo aspettavano, una seconda carica della Borsa della Linguadoca e dei beni immensi, egli non aveva cessato di desiderare il posto di ricevitore del clero. In quella circostanza ancora il caso lo servì: alcuni giorni dopo aver ricevuto da Sainte-Croix un nuovo domestico di nome Georges, il Saint-Laurent cadde malato, e la sua malattia presentò subito i medesimi caratteri di gravità già notati in quella di d'Aubray padre e figli; solo che questa fu più rapida, poiché durò solo ventiquattr'ore. Alla fine, come loro, il Saint-Laurent morì in preda a dolori atroci. Lo stesso giorno un ufficiale della Corte sovrana venne per vederlo, si fece narrare tutti i particolari della morte dell'amico, e dietro il racconto dei sintomi e delle difficoltà, dichiarò dinanzi ai domestici, e al notaio Sainfray, che bisognava fare l'autopsia al cadavere. Un'ora dopo Georges era scomparso senza dir nulla a nessuno e senza chiedere il suo stipendio.[30] I sospetti aumentarono, ma anche questa volta rimasero nel vago. L'autopsia presentò fenomeni generali, che non erano precisamente dovuti al veleno; sennonché gl'intestini, che la sostanza mortale non aveva avuto tempo di bruciare, come quelli dei signori d'Aubray, erano picchiettati di punti rossicci, simili a morsi di pulce.

---

30 *Memoriale del processo*, op. cit. pag. 21.

Nel giugno 1669, Penautier ottenne la carica di signore Saint-Laurent.

Tuttavia la vedova aveva avuto dei sospetti che furono quasi convertiti in certezza per la fuga di Georges. Una circostanza venne ancora a dar maggior forza a' suoi dubbi e se ne fece una convinzione. Un abate che era amico del defunto, e che conosceva la circostanza della scomparsa di Georges, lo incontrò pochi giorni dopo nella rue des Maçons, vicino alla Sorbona: erano entrambi dallo stesso lato, ed una carretta di fieno che percorreva la via faceva ostacolo in quel luogo. Georges alzò il capo, scorse l'abate, lo riconobbe per un amico del suo antico padrone, si cacciò sotto il carro, passò dall'altra parte, e, a rischio d'essere schiacciato, sfuggì alla vista d'un uomo il cui solo aspetto gli ricordava il proprio delitto e gliene faceva temere il castigo.

Madame de Saint-Laurent sporse querela contro Georges; ma, per quante ricerche si fecero di quell'uomo, non si poté trovarlo.

Intanto, il rumore di quelle strane morti, sconosciute e repentine, si diffondeva a Parigi, che cominciava a spaventarsene. Sainte-Croix, sempre elegante ed allegro cavaliere, sentì queste voci nei salotti che frequentava, e se ne inquietò. Nessun sospetto, è vero, si concepiva ancora contro di lui; ma le precauzioni non erano inutili: Sainte-Croix pensò di crearsi una posizione che non lo facesse tremar più. Una carica alla Corte del Re stava per restare vacante e doveva costare centomila scudi: Sainte-Croix, come abbiamo detto, non aveva alcuna risorsa apparente; parimenti si diffuse la voce ch'egli fosse in procinto di comprarla.

Fu a Belleguise ch'egli si rivolse per trattare di quell'affare con Penautier. Ma trovò però da parte di questi qualche difficoltà. La somma era considerevole; Penautier non aveva più bisogno di Sainte-Croix; aveva già messo le mani su tutte le eredità che contava di ricevere; tentò dunque d'indurlo a rinunciare a quel progetto.

Ecco che cosa scrisse allora Sainte-Croix a Belleguise:

« È mai possibile, mio caro, che occorra importunarvi tanto per un affare così bello, così importante e così grande come quello che voi sapete, e che può dare ad entrambi quiete e riposo per la vita! Per me, credo che il diavolo se ne immischi o che voi non vogliate ragionare. Ragionate dunque, mio caro, vi prego, e capovolgete la mia proposta al contrario: prendetela dal più cattivo lato del mondo, e troverete che voi dovete ancora soddisfarmi per quanto ho fatto nell'interesse vostro. Da ultimo, mio caro, aiutatemi, vi prego; siate ben persuaso d'una perfetta riconoscenza, e che mai non avrete fatto al mondo nulla di più gradevole per voi e per me. Lo sapete abbastanza, poiché ve ne parlo ancora con cuore più aperto che non abbia fatto col mio proprio fratello. Se tu puoi dunque venire dopo pranzo, o sarò in casa, o nel vicinato, nel luogo in questione, o ti aspetterò domattina, o verrò a trovarti secondo la tua risposta; sarò tutto per voi e di tutto cuore. »

La dimora di Sainte-Croix era in rue des Bernardins,[31] e il luogo del vicinato dov'egli doveva aspettare Belleguise era la stanza che aveva affittato in casa della vedova Brunet, nel vicolo di place Maubert.

Era in quella stanza, ed in casa del farmacista Glazer, che Sainte-Croix faceva i suoi esperimenti; ma, per un giusto compenso, quella manipolazione di veleni riuscì fatale a chi la faceva. Il farmacista s'ammalò e morì; Martin fu preso da vomiti terribili, che lo portarono all'agonia;

---

31 Nel V *arrondissement* di Parigi. (*N. d. T.*)

Sainte-Croix stesso, indisposto, ma senza saperne la causa, non potendo più nemmeno uscire, tanto era grande la sua debolezza, fece trasportare un fornello da Glazer in casa propria, al fine, tutto sofferente com'era, di continuare i suoi esperimenti.

E infatti, Sainte-Croix era alla ricerca d'un veleno così subdolo, che la sola sua emanazione potesse uccidere. Aveva sentito parlare di quell'asciugamano avvelenato col quale il giovane delfino, fratello maggiore di Carlo VII, si era asciugato, giocando alla pallacorda, e il cui contatto gli aveva dato la morte; e tradizioni ancora recenti gli avevano riferito la storia dei guanti di Jeanne d'Albret; cotesti segreti si erano perduti, e Sainte-Croix sperava di ritrovarli.

Accadde allora uno di quegli strani avvenimenti, che sembrano non già un accidente del caso, ma un castigo del Cielo. Nel momento in cui Sainte-Croix, curvo sul fornello, vedeva la fatale preparazione giungere al più alto grado d'intensità, la maschera di vetro, onde si copriva il volto per salvaguardarsi dai vapori mortiferi esalanti dal liquore in fusione, si staccò ad un tratto e Sainte-Croix cadde come colpito dal fulmine.[32]

---

32 Ci sono due versioni sulla morte di Sainte-Croix. Il signor Vauthier, avvocato, e Garanger, procuratore, autore dell'invettiva contro Penautier, dicono che Sainte-Croix morì dopo una malattia durata cinque mesi, causata dai vapori delle pozioni; ch'egli restò vigile fino alla fine, e che ricevette il soccorso della religione. L'autore del memoriale del processo straordinario della signora de Brinvilliers racconta, al contrario questo avvenimento così come lo consegniamo qui: abbiamo adottato questa versione perché è la più probabile, la più diffusa e popolare; la più probabile perché se Sainte-Croix era stato malato per cinque mesi e in piena coscienza, aveva avuto il tempo di far sparire tutti gli incartamenti che potevano compromettere i suoi amici; la più diffusa, perché il fatto è raccontato in tal maniera da Gayot de Pitaval e Richer; la più popolare, perché si attribuisce questa morte a un castigo di Dio.

All'ora di cena, sua moglie, non vedendolo uscire dal gabinetto dove si era chiuso, andò a bussare all'uscio, nessuno rispose; e, siccome sapeva che il marito si occupava di operazioni cupe e misteriose, temette che gli fosse accaduta qualche disgrazia. Chiamò i domestici, i quali sfondarono la porta, e trovò Sainte-Croix disteso a terra accanto al fornello, e colla maschera di vetro in frantumi accanto a sé.

Non vi era modo di celare al pubblico le circostanze di quella morte improvvisa e strana. I domestici avevano visto il cadavere, e potevano parlare. Il commissario Picard fu chiamato a porre i sigilli, e la vedova di Sainte-Croix s'accontentò di far scomparire il fornello ed i frammenti della maschera.

Il rumore di questo evento si diffuse in breve per tutta Parigi. Sainte-Croix era famosissimo, e la novità ch'egli stava per comprare una carica alla Corte, ne aveva diffuso ancor più il nome. La Chaussée fu uno dei primi a sapere della morte del suo padrone, ed avendo saputo che si erano posti i sigilli al suo gabinetto, s'affrettò a formulare un'opposizione in questi termini:

> Opposizione di La Chaussée, che ha detto di trovarsi da sette anni al servizio del defunto; che gli ha dato in custodia, da due anni, cento pistole e cento scudi, che debbono essere in un sacco di tela, dietro la finestra del gabinetto, e nel quale c'è anche un biglietto del come la detta somma appartenga a lui, con una cessione d'una somma di trecento livre dovutagli dal fu signor d'Aubray, consigliere; la suddetta cessione fatta da lui a Laserre, e tre obbligazioni del suo padrone di cento livre ciascuna; le quali somme e carte egli reclama.

Fu risposto a La Chaussée che avrebbe dovuto aspettare il giorno in cui sarebbero stati tolti i sigilli, e che, se tutto era com'egli diceva, quanto gli apparteneva gli sarebbe stato restituito.

Tuttavia La Chaussée non era il solo che si fosse commosso per la morte di Sainte-Croix; la marchesa, che era familiare a tutti i segreti del fatale gabinetto, era corsa dal commissario, fin dal momento in cui seppe dell'avvenimento, e, benché fossero le dieci di sera, aveva chiesto di parlargli; ma le fu risposto dal primo commesso, un certo Pierre Frater, che il suo padrone era a letto; la marchesa aveva allora insistito, pregando che lo destassero e reclamando una cassetta ch'ella voleva riavere senza che fosse aperta. Il commesso era di conseguenza salito nella stanza da letto del signor Picard; ma era ridisceso dicendo che quanto la marchesa domandava era impossibile in quel momento, visto che il commissario dormiva. La signora de Brinvilliers, vedendo che le sue istanze erano inutili, si era allora ritirata dicendo che avrebbe mandato l'indomani un uomo a prenderla. E infatti, cotest'uomo venne la mattina dopo offrendo, da parte della marchesa, cinquanta luigi al commissario, se voleva restituirle la cassetta; ma questi aveva risposto che la cassetta era sotto i sigilli e che sarebbe stata aperta quando li avrebbero tolti, e che se gli oggetti che reclamava la marchesa erano effettivamente suoi, le sarebbero stati restituiti fedelmente.

Questa risposta fu un colpo di folgore per la marchesa. Non c'era tempo da perdere; tornò in tutta fretta a rue Neuve Saint-Paul, dov'era la sua casa di città, a Picpus, dov'era la sua casa di campagna, e la stessa sera partì in direzione di Liegi, dove giunse due giorni dopo, e si ritirò in un convento.

Si erano apposti i sigilli da Sainte-Croix il 31 luglio 1672, e si procedette a levarli l'8 agosto seguente. Mentre si cominciava l'operazione, un procuratore incaricato con pieni poteri dalla marchesa, comparve, e fece inserire quest'atto nel processo verbale:

> È comparso Alexandre Delamarre, procuratore della signora de Brinvilliers, il quale ha dichiarato che se nella detta cassetta, reclamata dalla sua mandataria, si trovasse una promessa firmata da lei per la somma di trentamila livre, è una carta che le è stata carpita, e contro la quale, nel caso la sua firma fosse autentica, intende provvedere per farla dichiarare nulla.

Soddisfatta questa formalità, si procedette all'apertura del gabinetto di Sainte-Croix, e la chiave ne fu presentata al commissario Picard da un carmelitano chiamato fra' Victorin. Il commissario aprì l'uscio; le parti interessate, gli ufficiali e la vedova entrarono con lui, e si cominciò col porre gli incartamenti da parte, onde esaminarli con ordine uno dopo l'altro. Mentre si occupavano di ciò, saltò fuori un rotolino, sul quale stavano scritte queste tre parole: *La mia confessione*. Tutti gli astanti, non avendo ancora alcun motivo di credere il Sainte-Croix un uomo disonesto, decisero allora che quella carta non dovesse esser letta. Il sostituto del procuratore generale, consultato a tal proposito, fu di questo parere, e *la confessione* di Sainte-Croix fu bruciata.

Compiuto quest'atto di coscienza, si procedette all'inventario.

# CAPITOLO VI

Uno de' primi oggetti che colpirono l'attenzione degli ufficiali fu la cassetta reclamata dalla signora di Brinvilliers. Le sue istanze avevano destata la curiosità, e in tal modo si cominciò con quella; ognuno si accostò per sapere che cosa contenesse e si procedette all'apertura. Noi lasceremo parlare il processo verbale; nulla è più potente e terribile in casi simili dell'atto ufficiale stesso.

Nel gabinetto di Sainte-Croix si rinvenne una cassettina quadrata d'un piede circa, aperta la quale si trovò un mezzo foglio di carta intitolato *Il mio testamento*, scritto da una parte sola, e contenente queste parole:

*Supplico umilmente quelli o quelle fra le cui mani venisse a cadere questa cassetta, di farmi la grazia di volerla consegnare subito nelle proprie mani della signora marchesa di Brinvilliers, abitante in rue Neuve Saint-Paul, attesoché tutto quanto contiene la riguarda ed appartiene a lei sola, non essendovi d'altronde nulla d'alcuna utilità per nessun altro, eccetto il suo interesse; e nel caso ch'ella fosse morta prima di me, di bruciare la detta cassetta con tutto ciò che vi si trova dentro, senza aprirla. E perché non si pretenda causa d'ignoranza, giuro sul Dio che adoro, e per tutto quanto ebbi di più sacro che, non ho asserito nulla che non sia vero. Se per caso si contravvenisse alle mie intenzioni, tutte giuste e ragionevoli, a tal proposito, ne aggravo, in questo mondo e nell'altro, la loro coscienza, protestando che è la mia ultima volontà. Fatto a Parigi, il 25 maggio, pomeriggio, 1672. Firmato* Sainte-Croix.

E sotto c'erano scritte queste parole:

*V'è inoltre un pacchetto diretto al signor Penautier che prego di restituirgli.*

Si comprende come un simile esordio non facesse che accrescere l'interesse di quella scena: sorse un mormorio di curiosità; poi, ristabilitosi il silenzio, l'inventario continuò in questi termini:

Si è trovato un pacchetto sigillato con otto impronte di sigilli di stemmi diversi, sul quale sta scritto:

*Carte da essere bruciate in caso di morte, non essendo d'alcuna importanza per nessuno. Io supplico umilmente coloro fra le cui mani cadessero di bruciarle; ne incarico la loro coscienza: il tutto senza aprire il pacchetto.*

In questo pacchetto si son trovate due bustine di droga di sublimato.

*Item*, un altro pacchetto sigillato da sei sigilli di diverse armi, sul quale c'era la stessa iscrizione, nel quale si è trovato dell'altro sublimato del peso di una mezza libbra.

*Item*, un altro pacchetto sigillato con sei sigilli di diverse armi sul quale c'era la stessa iscrizione, nel quale si sono trovate tre bustine contenenti una mezz'oncia di sublimato, l'altro due once e un pugno di vetriolo romano, ed il terzo del vetriolo calcinato e preparato.

Nella cassetta fu trovata una grossa ampolla quadrata da una pinta, piena d'acqua chiara, la quale osservata dal signor Moreau, medico, ha dichiarato non poterne designare la qualità finché non se ne sia fatta la prova.

*Item*, un'altra fiala di un mezzo staio d'acqua chiara, nel fondo della quale vi è un sedimento biancastro. Moreau ha detto la stessa cosa di prima.

Un vasettino di maiolica, nel quale c'erano due o tre grossi d'oppio preparato.

*Item*, una carta piegata contenente due dracme di sublimato corrosivo in polvere.

Più, una scatoletta in cui si è trovata una specie di pietra, chiamata *pietra infernale*.

Più, una carta contenente un'oncia d'oppio.

Più, un pezzo di regolo d'antimonio del peso di tre once.

Più, un pacchetto di polvere, sul quale c'era scritto: *Per fermare la perdita di sangue delle donne*. Moreau ha detto che erano fiori di cotogno e bottoni di cotogno secchi.

*Item*, fu trovato un pacchetto sigillato con sei sigilli, sul quale c'era scritto: *Carte da bruciarsi in caso di morte*, nel quale si rinvennero trentaquattro lettere, che erano firmate dalla signora de Brinvilliers.

*Item*, un altro pacchetto sigillato da sei sigilli, sul quale c'era la stessa iscrizione di cui sopra, nel quale si trovarono ventisette foglietti di carta, sopra ognuno de' quali c'era scritto: *Parecchi segreti curiosi*.

*Item*, un altro pacchetto contenente ancora sei sigilli, sul quale c'era la stessa iscrizione di cui sopra, nel quale si son trovate settantacinque note, dirette a diverse persone.

Oltre a questi oggetti si trovarono nella cassetta due obbligazioni: una della marchesa de Brinvilliers, l'altra di Penautier: la prima di trentamila franchi, la seconda di diecimila; quella corrispondente all'epoca della morte del signor d'Aubray padre, questa all'epoca della morte del signor di Saint-Laurent. La differenza delle somme fa vedere che Sainte-Croix aveva una tariffa, e che il parricidio costava più caro dell'assassinio.

Cosicché Sainte-Croix, morendo, legava i suoi veleni all'amante ed all'amico; non bastandogli i delitti passati, voleva ancora esser complice dei delitti futuri.

La prima cura degli ufficiali civili fu di sottoporre quelle diverse sostanze all'analisi, e fare con esse esperimenti sopra diversi animali.

Ecco il rapporto di Guy Simon, farmacista, incaricato di quell'esame e di quelle prove:

> Questo veleno artificioso sfugge alle ricerche che si voglion fare. È così occulto che non si può riconoscere, così subdolo che inganna l'arte, sì penetrante che sfugge alla capacità dei medici; su questo veleno gli esperimenti sono falsi, le regole errate, gli aforismi ridicoli.
>
> Gli esperimenti più sicuri e più comuni si fanno cogli elementi o sugli animali.
>
> Nell'acqua, il peso del veleno ordinario, lo getta al fondo; esso è superiore, obbedisce si precipita e va sul fondo.
>
> La prova del fuoco non è meno sicura. Il fuoco evapora, scioglie, consuma ciò che vi è d'innocente e di puro, non lasciando se non una materia acre e piccante, la sola che resista alla sua azione.
>
> Gli effetti prodotti dal veleno sugli animali sono ancor più sensibili: porta la sua malignità in tutte le parti dove si distribuisce, e vizia tutto quello che tocca; brucia e corrode d'un fuoco strano e violento tutte le viscere.
>
> Il veleno di Sainte-Croix ha passato per tutte le prove e si fa gioco di tutti gli esperimenti: questo veleno galleggia sull'acqua, è superiore, ed è lui che fa obbedir questo elemento. Si sottrae all'esperienza del fuoco, dove non lascia che una materia dolce e innocente; negli animali si nasconde con tanta arte e destrezza, che non si può riconoscerlo: tutte le parti dell'animale si mantengono sane e vive mentre che vi fa scorrere una sorgente di morte, questo artificioso veleno vi lascia l'immagine e i segni della salute.
>
> Abbiamo fatto un sacco di prove: la prima versando alcune gocce d'un liquido trovato, in una delle bocce contenenti olio di tartaro od acqua marina, e nulla si è precipitato sul fondo dei vasi nei quali il liquido venne versato; la seconda, ponendo il medesimo liquido in un

vaso e non si trovò nel fondo alcuna materia arida, né acre alla lingua, e quasi niente sale fisso; la terza sopra un tacchino, un colombo, un cane ed altri animali, i quali essendo morti qualche tempo dopo, il giorno dopo erano stati aperti, senza che vi fu trovato in tutto l'organismo se non un poco di sangue coagulato nel cuore.

Un'altra prova con una polvere bianca data ad un gatto, nelle frattaglie di montone, appena fu fatto, il gatto vomitò per una mezz'ora e, trovato morto il domani, fu aperto senza che vi fosse rinvenuta alcuna parte alterata dal veleno.

Una seconda prova della medesima polvere sopra un colombo, che morì qualche tempo dopo e fu aperto, ma non fu trovato nulla di particolare, se non un po' d'acqua rossa nello stomaco.

# CAPITOLO VII

Questi esami, pur dimostrando che Sainte-Croix era un grande chimico, fecero nascere l'idea ch'egli non si dedicasse gratuitamente a quest'arte: quelle morti improvvise ed inaspettate ritornarono alla mente di tutti, quelle obbligazioni della marchesa e di Penautier parvero il prezzo del sangue; e poiché la prima era assente, e l'altro troppo potente e troppo ricco per ardire d'arrestarlo senza prove, si ricordarono dell'opposizione di La Chaussée.

Era detto in quell'opposizione come da sette anni La Chaussée fosse al servizio di Sainte-Croix; dunque La Chaussée non vedeva come un'interruzione a codesto servizio il tempo da lui passato dai signori d'Aubray. Il sacco contenente le mille pistole e le tre obbligazioni da cento livre, era stato trovato nel posto indicato. Dunque, La Chaussée avea perfetta conoscenza dei locali di quel gabinetto; se egli conosceva il gabinetto, doveva conoscere la cassetta; se conosceva la cassetta, non poteva essere innocente.

Questi indizi bastarono perché la signora Mangot de Villarceaux, vedova del signor d'Aubray figlio, luogotenente civile, sporgesse querela contro di lui; e in conseguenza di questa istanza, fu spiccato un ordine d'arresto contro La Chaussée, che fu catturato. Al momento dell'arresto gli venne trovato del veleno addosso.

La causa fu portata dinanzi allo Châtelet. La Chaussée negò con ostinazione, ed i giudici, non avendo abbastanza prove contro di lui, lo condannarono all'interrogatorio preliminare.³³ La signora Mangot di Villarceaux si appellò ad un giudizio che salvava probabilmente il colpevole, se aveva la forza di resistere ai dolori e non confessare nulla; e in virtù di quest'appello un decreto della Tournelle, in data 4 marzo 1674, dichiarò *Jean Amelin, detto La Chaussée, incolpato e convinto d'aver avvelenato l'ultimo luogotenente civile e il consigliere; in pena del qual reato, fu condannato ad essere mazzolato vivo e a spirare sulla ruota, assoggettandolo però prima alla tortura ordinaria e straordinaria, per avere rivelazione de' suoi complici.*

Col medesimo decreto, la marchesa di Brinvilliers fu condannata in contumacia, ad aver tagliata la testa.

La Chaussée subì la tortura dello stivaletto, consistente nel legare ciascuna gamba del condannato fra due assi, e riavvicinare le due gambe l'una all'altra con un anello di ferro, e cacciar biette tra le assi del mezzo a martellate. La tortura ordinaria era di quattro biette, la straordinaria di otto.

Alla terza bietta, La Chaussée dichiarò d'esser pronto a parlare; per conseguenza la tortura fu sospesa; poscia lo portarono sopra un materasso disteso nel coro della cappella, e quivi, essendo egli debolissimo, e potendo appena parlare, chiese mezz'ora per riaversi: ecco l'estratto medesimo del processo verbale della tortura e del supplizio:

---

33 C'erano due tipi d'interrogatorio (tortura): l'interrogatorio preliminare e quello preventivo: l'interrogatorio preliminare aveva luogo quando i giudici non erano ancora convinti e volevano ottenere prima della sentenza una piena confessione del colpevole; l'interrogatorio preventivo, al contrario, avveniva dopo la sentenza e per la rivelazione dei complici. Durante il primo, succedeva di frequente che l'imputato, colla speranza di salvarsi la vita, resisteva ai più atroci dolori, mentre, nel secondo, il colpevole, sapendo d'essere stato condannato, aggiungeva raramente ad una morte già terribile i dolori delle torture: quando si presenterà l'occasione, vi faremo conoscere i differenti tipi di tortura.

Sospesa la tortura, e posto La Chaussée sul materasso, il signor referendario, si era ritirato, mezz'ora dopo La Chaussée lo fece pregare di tornare: gli disse ch'era colpevole; che Sainte-Croix gli aveva detto che la signora de Brinvilliers gli aveva dato i veleni per avvelenare i suoi fratelli; che li aveva avvelenati nell'acqua e nel brodo; di aver posto dell'acqua rossiccia nel bicchiere del luogotenente civile, a Parigi, e dell'acqua chiara nello sformato di Villequoy; che Sainte-Croix gli aveva promesso cento pistole e di tenerlo sempre con sé; che andava a rendergli conto dell'effetto de' veleni; che Sainte-Croix gli aveva dato le suddette acque molte volte. Sainte-Croix gli aveva detto che la signora de Brinvilliers non sapeva niente degli altri suoi avvelenamenti, ma ch'egli credeva ch'ella lo sapesse; perché ella gli parlava sempre, a lui La Chaussée, dei suoi veleni; che voleva costringerlo a fuggire e dargli due scudi per andarsene; che lei gli domandava dove fosse la cassetta e che cosa vi fosse dentro; che se Sainte-Croix avesse potuto mettere qualcuno presso madama d'Aubray, la vedova del luogotenente civile, l'avrebbe forse fatta avvelenare a sua volta; da ultimo, che Sainte-Croix avea cupide mire sulla signorina d'Aubray.

Questa dichiarazione, che non lasciava alcun dubbio, diede luogo al decreto seguente, che noi ricaviamo dagli *Atti del Parlamento*:

Visto il processo verbale della tortura ed esecuzione di morte, del giorno 24 del presente marzo 1673, contenente le dichiarazioni e confessioni di Jean Amelin detto La Chaussée; la Corte, ha ordinato che i signori: Belleguise, Martin, Poitevin, Olivier, padre Véron, la moglie del signor Quesdon, parrucchiere, siano citati a comparire alla Corte, per essere sentiti ed interrogati sulle circostanze risultanti dal processo, davanti al consigliere latore della presente sentenza: ordina che il mandato d'arresto contro il nominato Lapierre, e la citazione contro Penautier per essere sentito, spiccati dal luogotenente criminale, siano immediatamente eseguiti. Fatto in Parlamento, il 27 marzo 1673.

In vista di questa sentenza, i giorni 21, 22 e 24 aprile, Penautier, Martin e Belleguise furono interrogati.

Il 26 luglio, Penautier venne esentato dalla citazione. Si ordinò di procedere più rigorosamente contro Belleguise, e si spiccò un mandato d'arresto contro Martin.

Dal 24 marzo, La Chaussée era stato arruotato in place de Grève.

Quanto ad Exili, il principio d'ogni male, era scomparso, come Mefistofele dopo la perdita di Faust, e nessuno ne aveva più sentito parlare.[34]

Verso la fine dell'anno, Martin fu messo in libertà per mancanza di prove sufficienti.

Intanto, la marchesa di Brinvilliers era sempre a Liegi, e, benché ritirata in un convento, non aveva rinunciato per questo ai piaceri della vita mondana: presto consolata della morte di Sainte-Croix, che aveva tuttavia amato al punto d'aver voluto uccidersi per lui,[35] gli aveva dato per succes-

---

34 Rimando al racconto popolare del Dottor Faust che vende la sua anima al diavolo, Mefistofele, per raggiungere potere e conoscenza assoluta. Ispirato al racconto della *Genesi* dell'Albero della Conoscenza, venne reinterpretato prima da Marlowe, ne *La tragica storia del Dottor Faustus*, e poi da moltissimi altri autori tra cui spicca il *Faust* di Goethe. (*N. d. T.*)

35 Tra le trentaquattro lettere della marchesa de Brinvilliers, trovate nella cassetta di Sainte-Croix, ve n'era una scritta in questi termini:

« Ho deciso di mettere fine alla mia vita: a tale scopo, ho preso stasera quello che mi avete venduto a così caro prezzo: è la ricetta di Glazer, e vedrete da questo che vi sacrifico volontariamente la mia vita; ma non vi prometto prima di morire, che non vi aspetterò in qualche luogo per darvi l'ultimo addio. »

sore un certo Théria, sul quale ci fu impossibile trovare altre indicazioni, fuorché il suo nome più volte ripetuto nel processo.

Così come si è visto, tutti i gravami dell'accusa erano successivamente ricaduti su di lei; così fu deciso di andarla a cercare nel ritiro dov'ella si credeva in sicurezza.

Era una missione difficile e soprattutto delicata; Desgrais, uno dei più abili ufficiali di polizia, si presentò per eseguirla. Era un bel ragazzo di trentasei o trentotto anni, il cui aspetto non dava l'impressione d'essere un agente di polizia; vestiva tutte le fogge colla medesima disinvoltura, e sapeva percorrere tutti i gradi della scala sociale ne' suoi travestimenti, dallo scroccone fino al gran signore. Era l'uomo opportuno: cosicché fu accettato.

Di conseguenza partì per Liegi, scortato da parecchi arcieri, munito d'una lettera del Re diretta al Consiglio dei Sessanta della città, colla quale Luigi XIV reclamava la colpevole per farla punire. Dopo aver esaminato la procedura della quale Desgrais aveva avuto cura di munirsi, il Consiglio autorizzò l'estradizione della marchesa.

Era già molto, ma non abbastanza ancora: la marchesa, come abbiam detto, aveva cercato asilo in un convento, dove Desgrais non osava arrestarla a viva forza, per due ragioni: la prima, perch'ella poteva essere avvisata a tempo, e nascondersi in qualcuno di que' recessi claustrali, di cui le superiore sole sanno il segreto; la seconda, perché in una città religiosa come Liegi, la pubblicità, che certo avrebbe accompagnato tale avvenimento, poteva essere vista come una profanazione, e produrre qualche tumulto popolare, con l'aiuto del quale sarebbe stato possibile alla marchesa di sfuggirgli.

Desgrais fece visita al suo guardaroba, e credendo che un vestito da prete fosse il più adatto a sviare da sé ogni sospetto, si presentò alle porte del convento come un compatriota giunto da Roma, che non aveva voluto passare per Liegi senza presentare i suoi omaggi ad una donna tanto celebre per bellezza e sventure, qual'era la marchesa. Desgrais avea tutti i modi d'un cadetto di buona famiglia: era adulatore come un cortigiano, e intraprendente come un moschettiere: in quella prima visita, fu incantevole per lo spirito e l'impertinenza; cosicché ottenne, più facilmente che non sperasse, di farne una seconda.

Questa seconda visita non si fece aspettare; Desgrais si presentò il giorno dopo. Una simile premura riusciva assai lusinghiera alla marchesa. Egli dunque fu accolto meglio del giorno prima. Donna di spirito e d'ingegno, priva da più d'un anno d'ogni comunicazione colle persone del bel mondo, la marchesa ritrovava in Desgrais le sue abitudini parigine. Sfortunatamente, l'affascinante abate doveva lasciare Liegi dopo pochi giorni e si dimostrò più incalzante, e la visita dell'indomani fu chiesta ed accordata con tutte le forme d'un appuntamento.

Desgrais aveva ragione: la marchesa lo aspettava con impazienza; ma, per una somma di circostanze, che Desgrais aveva certo preparato, il colloquio amoroso fu disturbato due o tre volte, nel momento appunto in cui, diventando più intimo, temeva ancor di più i testimoni. Desgrais si lagnò di una simile importunità; d'altronde, comprometteva la marchesa e se stesso: doveva avere riguardo dell'abito che portava. Supplicò la marchesa d'accordargli un appuntamento fuori città, in un luogo del viale assai poco frequentato, ond'essi non avessero a temere d'essere riconosciuti o seguiti; la marchesa non resistette, se non quanto occorreva per dare maggior pregio al favore che accordava, e l'appuntamento fu stabilito per la sera stessa.

Giunta la sera, da entrambi aspettata colla medesima

impazienza, ma con una speranza ben diversa, la marchesa trovò Desgrais nel luogo convenuto; questi le offrì il braccio: poi, quando le tenne la mano nella sua, fece un segno, gli arcieri comparvero, l'amante depose la maschera, e Desgrais si fece riconoscere; la marchesa era prigioniera.

Desgrais lasciò madama de Brinvilliers nelle mani dei gendarmi e corse in tutta fretta al convento. Fu soltanto allora che mostrò l'ordine dei Sessanta, mediante il quale si fece aprire la stanza della marchesa. Trovò sotto al letto una cassetta, di cui s'impadronì, e sulla quale appose i sigilli; poi raggiunse i suoi, e diede l'ordine di partire.

Quando la marchesa vide la cassetta fra le mani di Desgrais, parve sulle prime atterrita; poi, riavendosi poco dopo, reclamò una carta ivi racchiusa, contenente la sua confessione. Desgrais rifiutò, e mentre si voltava per far avanzare la carrozza, la marchesa tentò di strangolarsi inghiottendo una spilla; ma un gendarme di nome Claude Rolla s'accorse dell'intenzione di lei e riuscì a levarglielo di bocca. Desgrais ordinò di raddoppiare di vigilanza.

Si fermarono per cenare: un arciere di nome Antoine Barbier, assisteva alla cena, e vegliava perché non si ponessero sulla tavola né coltello, né forchetta, né altro strumento col quale la marchesa potesse uccidersi o ferirsi. La signora di Brinvilliers, portando il bicchiere alla bocca, come per bere, ne ruppe un pezzo fra i denti; l'arciere se ne accorse a tempo, e la costrinse a sputarlo sul suo piatto. Allora ella gli disse che, se acconsentiva a salvarla, avrebbe fatto la sua fortuna; lui le chiese che cosa occorresse fare a tal scopo; la marchesa gli propose di tagliare la gola di Desgrais; ma egli ricusò, dicendole che, per tutt'altra cosa era al suo servizio. Di conseguenza, ella gli chiese una penna e della carta, e scrisse questa lettera:

« Mio caro Théria. Sono nelle mani di Desgrais, sulla strada da Liegi a Parigi. Vieni in fretta a liberarmi. »

Antoine Barbier prese la lettera, promettendo di farla recapitare al suo indirizzo; ma la consegnò invece a Desgrais.

Il giorno dopo, trovando che quella lettera non era abbastanza pressante, gliene scrisse una seconda, nella quale gli diceva: che, essendo la scorta composta di sole otto persone, poteva essere facilmente disfatta da quattro o cinque uomini risoluti, e ch'ella contava su di lui per quel colpo di mano.

Finalmente, inquieta di non ricevere alcuna risposta e non veder l'effetto de' suoi dispacci, spedì una terza missiva a Théria. In questa, gli raccomandava, sull'anima sua, se non era abbastanza forte per attaccare la scorta e liberarla, di uccidere almeno due dei quattro cavalli che la conducevano, e d'approfittare del momento di confusione che avrebbe prodotto il sinistro, per impadronirsi della cassetta e gettarla nel fuoco; altrimenti, diceva ella, era perduta.

Benché Théria non avesse ricevuto alcuna di quelle tre lettere, che erano state successivamente consegnate da Antoine Barbier a Desgrais, pure si trovò di motuproprio a Maestricht, dove doveva passare la marchesa. Quivi tentò di corrompere i gendarmi, offrendo loro fino a diecimila livre; ma questi furono incorruttibili.

A Rocroy il corteo incontrò il consigliere Palluau, inviato dal Parlamento incontro alla prigioniera, per interrogarla nel momento in cui, aspettandoselo meno, non avrebbe avuto il tempo di pensare alle risposte. Desgrais lo mise al corrente dell'accaduto e gli raccomandò specialmente la famosa cassetta, oggetto di tante inquietudini e di sì vive raccomandazioni. Il signor Palluau l'aprì e vi trovò, fra le altre cose, una carta intitolata: *La mia confessione*.[36]

Questa confessione era una strana prova del bisogno che hanno i colpevoli di deporre i loro delitti nel seno degli uomini o nella misericordia di Dio.

---

[36] Abbiamo fatto tutto il possibile per procuraci questo pezzo di cui tutti parlavano a quel tempo, ma non fu stampato da nessuna parte, né nella *Gazette de France*, né nel *Journal du Palais*, né nel *Plaidoyer de Nivelle*, né nelle diverse invettive che furono scritte a favore o contro la marchesa. Allora ci siamo rivolti agli amici della *Bibliotèque*, ma nemmeno lì Paulin Paris, Pillon e Richard, ci hanno potuto fornire qualche informazione a riguardo; il nostro saggio bibliofilo Charles Nodier e il nostro più informato giurista, il signor de Montmerqué, avevano fatto le stesse ricerche ma senza risultato, per cui ci contentiamo di citare quello che dice la signora de Sévigné nelle sue lettere CCLXIX e CCLXX.

« Madame di Brinvilliers ci confida nella sua confessione che a sette anni ella aveva cessato d'esser fanciulla, che ella aveva continuato poi con lo stesso tono, che aveva avvelenato suo padre, i suoi fratelli, uno dei suoi figli, che lei avvelenava se stessa per provare un antidoto: Medea non aveva fatto così tanto. Ella ha riconosciuto che questa confessione era stata scritta di suo pugno, è un grande sproposito, ma ella aveva la febbre alta quando l'aveva scritta, che era una frenesia e una stravaganza che non poteva essere letta in modo serio. » (Lettera CCLXIX).

« Non si parla qui che dei discorsi, dei fatti e dei gesti della Brinvilliers: se ella ha scritto nella sua confessione d'aver ucciso suo padre, è perché temeva senza dubbio di dimenticare di accusarsi. I reati ch'ella teme di dimenticare sono stupefacenti. » (Lettera CCLXX).

Rusico che aveva pubblicato ad Amsterdam, nel 1772, una nuova edizione delle cause celebri di Gayot de Pitaval, e che aveva potuto consultare i fascicoli del Parlamento, che erano ancora intatti a quel tempo, aggiunge: «Madame de Sévigné non dice che la marchesa di Brinvilliers aveva attentato anche alla vita della sorella con del veleno: questo fatto tuttavia è documentato nella confessione».

# CAPITOLO VIII

Già, come vedemmo, Sainte-Croix avea scritto una confessione ch'era stata bruciata, ed ecco la marchesa commettere a sua volta la medesima imprudenza! Del resto, quella confessione, che conteneva sette articoli, cominciava con queste parole: *Io mi confesso a Dio, ed a voi padre mio*. Era una confessione completa di tutti i delitti da lei commessi.

Nel primo articolo, s'accusava d'essere stata incendiaria;

Nel secondo, d'aver cessato d'esser fanciulla a sette anni;

Nel terzo, d'aver avvelenato suo padre;

Nel quarto, d'aver avvelenato i suoi due fratelli;

Nel quinto, d'aver tentato di avvelenare sua sorella, monaca carmelitana.

Altri due articoli erano consacrati al racconto di oscenità bizzarre e mostruose. Quella donna partecipava della natura di Locusta[37] e di Messalina;[38] l'antichità non ci aveva offerto nulla di meglio.

Il signor Palluau, forte della conoscenza di questo documento importante, cominciò immediatamente l'interrogatorio. Noi lo riferiamo testualmente, lieti sempre ogni qualvolta potremo sostituire gli atti ufficiali al nostro proprio racconto.

---

37 Lucusta (nota anche come Locusta) fu una nota avvelenatrice seriale del tempo di Nerone, a cui fornì il veleno per suicidarsi, dopo aver avvelenato tra gli altri anche Britannico e l'imperatore Claudio. Dumas la cita anche nel *Conte di Montecristo*. (*N. d. T.*)

38 Messalina fu l'imperatrice consorte dell'imperatore Claudio e madre di Britannico, nota per tutti gli intrighi e gli omicidi commessi, che oltre alla vita gli costarono anche la *damnatio memoriæ*. (*N. d. T.*)

Interrogata sul perché fosse fuggita a Liegi.

– Ha detto di essersi ritirata dalla Francia a causa degli affari che aveva colla cognata.

Interrogata se fosse a conoscenza delle carte che si trovavano nella sua cassetta.

– Ha risposto che, nella sua cassetta, vi sono parecchie carte di famiglia, e fra queste una confessione generale ch'ella voleva fare; ma che, quando la scrisse, aveva l'animo disperato; non può dire ciò che abbia scritto, non sapendo che cosa facesse, avendo le mente alienata, vedendosi in paesi stranieri, senza soccorso de' suoi parenti, e ridotta a farsi prestare uno scudo.

Interrogata sul primo articolo della sua confessione, a quale casa avesse dato fuoco.

– Ha detto non averlo fatto, e che quando scriveva simil cosa, aveva il cervello sconvolto.

Interrogata sopra i sei altri articoli della sua confessione.

– Ha risposto che non sa che cosa siano, e che non si ricorda di nulla.

Interrogata se avesse avvelenato il padre e i fratelli.

– Ha negato assolutamente.

Interrogata se fosse stato La Chaussée l'avvelenatore dei fratelli.

– Ha dichiarato di non saperne nulla.

Interrogata se non sapesse che sua sorella doveva vivere a lungo, pel motivo ch'era stata avvelenata.

– Ha detto che lo prevedeva, perché sua sorella andava soggetta agli stessi incomodi dei fratelli; ch'ella ha perduto la memoria del tempo in cui scrisse la sua confessione, e dichiara d'essere uscita dalla Francia per consiglio de' suoi parenti.

Interrogata sul perché quel consiglio le fosse stato dato da' suoi parenti.

– Ha risposto ch'era a causa dell'affare dei suoi fratelli; confessa d'aver veduto Sainte-Croix, dalla sua uscita dalla Bastiglia.

Alla domanda se Sainte-Croix non l'avesse persuasa a disfarsi del padre.

– Ha detto di non ricordarsene, non rammentandosi neppure se Sainte-Croix le abbia dato polveri, o altre droghe, né se Sainte-Croix le abbia detto che sapeva il modo di renderla ricca.

Presentatele otto lettere, ed intimatole di dire a chi le scrivesse.

– Ha dichiarato di non ricordarsene.

Interrogata sul perché avesse fatta una promessa di trentamila livre a Sainte-Croix.

– Ha detto ch'ella intendeva porre quella somma nelle mani di Sainte-Croix per servirsene quando ne avesse avuto bisogno, credendolo suo amico; ch'ella non voleva che ciò fosse saputo, a causa de' suoi creditori; che aveva una ricevuta del Sainte-Croix che poi smarrì in viaggio, e che suo marito non sapeva nulla di quella promessa.

Interrogata se la promessa fosse stata fatta prima o dopo la morte de' suoi fratelli.

– Ha risposto di non ricordarsene, e che ciò non ha nulla a che fare con la cosa.

Interrogata se conoscesse un farmacista di nome Glazer.

– Ha asserito d'essere stata tre volte da lui per le sue flussioni.

Alla domanda sul perché avesse scritto a Théria di rapire la cassetta.

– Ha risposto non sapere di che si trattasse.

Interrogata sul perché, scrivendo a Théria, diceva ch'era perduta, se non s'impadroniva della cassetta e del processo.

– Ha detto di non ricordarsene.

Interrogata se si fosse accorta, durante il viaggio ad Offemont, dei primi sintomi della malattia del padre.

– Ha dichiarato non essersi accorta che suo padre si fosse sentito male nel 1666, nel viaggio d'Offemont, né all'andata, né al ritorno.

Interrogata se fosse in affari con Penautier.

– Ha detto non avere avuto affari con Penautier se non per trentamila livre che le doveva.

Interrogata sul motivo per cui Penautier le dovesse trentamila livre.

– Ha risposto che lei e suo marito avevano prestato diecimila scudi a Penautier, che lui aveva restituito quella somma, e che, dopo il rimborso, non avevano avuto alcuna relazione con lui.

La marchesa si chiudeva, come si vede, in un sistema completo di negazioni. Giunta a Parigi, e incarcerata alla Conciergerie, continuò a negare; ma in breve ai gravami terribili che già pesavano su lei vennero ad unirsene dei nuovi.

Il sergente Clüet depose: che, vedendo La Chaussée servire da lacchè al signore d'Aubray, consigliere, e che lo aveva pure veduto al servizio di Sainte-Croix, disse alla signora di Brinvilliers, che se il luogotenente civile avesse saputo che La Chaussée era stato al servizio di Sainte-Croix, non lo avrebbe gradito, e che allora la detta signora di Brinvilliers, esclamò: – Mio Dio, non lo dite ai miei fratelli, che lo bastonerebbero, e val meglio che guadagni lui qualche cosa, anziché un altro. – Non disse dunque nulla ai detti signori d'Aubray, benché vedesse La Chaussée andare tutti i giorni da Sainte-Croix e in casa della signora di Brinvilliers, la quale blandiva quest'ultimo per avere la sua cassetta, e che voleva che Sainte-Croix le restituisse il suo biglietto di due o tremila pistole, altrimenti lo avrebbe fatto stilettare; che aveva detto di desiderar molto che non si fosse visto il contenuto della detta cassetta; e di come questa fosse di grande importanza, e riguardante lei sola. Il testimonio aggiunse che, dopo l'apertura della cassetta, aveva riferito alla detta signora di come il commissario Picard avesse detto a La Chaussée che erano state trovate strane cose; e che allora la signora di Brinvilliers era arrossita e aveva mutato discorso. Egli le chiese se non fosse complice; ella rispose: – Perché, io? – Poi soggiunse, come parlando a se stessa: – Converrebbe mandare La Chaussée in Picardia. – Disse ancora il deponente ch'ella s'affannava da molto tempo dietro a Sainte-Croix per avere la detta cassetta, e che se l'avesse avuta, l'avrebbe fatto scannare. Quel testimonio soggiunse inoltre, che avendo detto a Briancourt che La Chaussée era stato catturato e che senza dubbio avrebbe detto tutto, Briancourt aveva risposto, parlando della signora di Brinvilliers: – Ecco una donna perduta. – Che quando la signorina d'Aubray aveva detto che Briancourt era un mascalzone, Briancourt aveva risposto che la signorina d'Aubray non sapeva qual obbligo gli dovesse; che avevano voluto avvelenar lei e la moglie del luogotenente civile, e che era stato lui ad impedire il colpo. Che aveva sentito dire da Briancourt che la signora di Brinvilliers diceva sovente che c'erano dei mezzi di disfarsi delle persone quando dispiacevano, e che gli si dava loro una pistolettata in un brodo.

La fanciulla Emma Huet, maritata Briscien, depose: che Sainte-Croix andava tutti i giorni dalla signora di Brinvilliers, e che, in una cassetta appartenente alla detta signora, ella avea veduto due scatolette contenenti sublimato in polvere ed in pasta, che ella ben riconobbe, essendo figlia di un farmacista. Aggiunse che la detta signora di Brinvilliers, avendo un giorno pranzato in sua compagnia, in allegria le aveva mostrato una scatoletta, dicendole: – Ecco di che vendicarsi de' propri nemici; e questa scatola non è grande, ma è piena di eredità. – Ch'ella le consegnò allora quella scatola fra le mani; ma che, riavuta in breve dalla sua allegria, esclamò: – Buon Dio! che vi ho detto mai? non lo ripetete ad alcuno. – Che Lambert, cancelliere del palazzo, le aveva detto di aver portato le due scatolette alla signora di Brinvilliers per ordine di Sainte-Croix; che La Chaussée andava spesso da lei, e che la Briscien non avendo ricevuto il pagamento di dieci pistole, a lei dovuto dalla signora di Brinvilliers andò a lagnarsene con Sainte-Croix, e minacciò di dire al luogotenente civile quanto aveva veduto; talché le furono date le dieci pistole. Che Sainte-Croix e la detta signora di Brinvilliers avevano sempre veleno addosso, per servirsene nel caso fossero stati presi.

Laurent Perrette, residente da Glazer, farmacista, dichiarò: di avere spesso veduto una signora venire dal suo padrone in compagnia di Sainte-Croix; che il servitore gli disse che quella signora era la marchesa di Brinvilliers; ch'egli avrebbe scommesso la testa che venivano a farsi fare del veleno da Glazer; che quando venivano lasciavano la loro carrozza al mercato di Saint-Germain.

Marie de Villeray, signorina di compagnia della detta dama di Brinvilliers, depose: che dopo la morte del signor d'Aubray, consigliere, La Chaussée venne a trovare la detta signora di Brinvilliers, e le parlò in segretezza; che Briancourt le disse che la detta signora faceva morire delle oneste persone; che egli, Briancourt, prendeva tutti i giorni dell'orvietano, per paura d'essere avvelenato, e che era certo, che era a quella sola precauzione ch'egli doveva l'essere ancora in vita; ma che temeva d'esser pugnalato perché ella gli aveva rivelato il suo segreto relativo all'avvelenamento; che bisognava avvertire la signorina d'Aubray che si voleva avvelenarla; che si avevano simili disegni sopra l'aio dei figli del signor di Brinvilliers. Aggiunse Marie de Villeray, che due giorni dopo la morte del consigliere, mentre La Chaussée era nella stanza da letto della signora di Brinvilliers, quando fu annunziato Cousté, segretario del fu luogotenente civile, ella fece nascondere La Chaussée sotto il suo letto. La Chaussée portava alla marchesa una lettera di Sainte-Croix.

François Desgrais, commissario di polizia, testimoniò: che, essendo stato incaricato per ordine del Re, arrestò a Liegi la signora di Brinvilliers: trovò sotto il suo letto una cassetta, che sigillò. La detta signora gli chiese una carta che vi si trovava, e che era la sua confessione, ma egli gliela rifiutò. Che per le strade che percorrevano insieme per tornare a Parigi, la Brinvilliers gli disse che credeva fosse Glazer, che preparava i veleni di Sainte–Croix; che Sainte-Croix, aveva dato un giorno appuntamento alla signora di Brinvilliers al crocevia di Saint–Honoré, e che le aveva mostrato quattro boccettine, e le aveva detto: – Ecco ciò che mi ha mandato Glazer. – Che glie ne aveva chiesta una; ma Sainte-Croix aveva risposto che preferiva morire anziché dargliela. Aggiunse che l'arciere Antoine Barbier gli aveva consegnato tre lettere, che la signora di Brinvilliers aveva scritto a Théria.

Che nella prima, ella lo pregava di venire in fretta a trarla dalle mani de' soldati che la scortavano.

Che nella seconda, gli diceva che la scorta era composta di sole otto persone, su cui cinque uomini buoni avrebbero potuto vincere.

E colla terza, che se non poteva venire a trarla dalle mani di quelli che la scortavano, che fosse andato almeno dal commissario, avesse ucciso il cavallo del suo valletto e due de' quattro cavalli della carrozza che la conducevano; che avesse preso la cassetta e l'avesse gettata nel fuoco, altrimenti era perduta.

Laviolette, arciere, depose: che la sera stessa dell'arresto, la signora di Brinvilliers aveva una lunga spilla che volle mettersi in bocca; che lui glielo impedì, dicendole ch'era una miserabile; che le disse che credeva che quanto si diceva di lei era vero e che aveva avvelenato tutta la sua famiglia: a questo lei rispose, che se lo aveva fatto, era stato solo per un cattivo consiglio, e che d'altronde non si avevano sempre buoni momenti.

Antoine Barbier, arciere, dichiarò: che la signora de Brinvilliers, quando era a tavola, e beveva in un bicchiere, aveva voluto trangugiare un po' di vetro, e siccome lui glielo aveva impedito, lei gli aveva detto che, se avesse voluto salvarla, ne avrebbe fatto la sua fortuna; che aveva scritto parecchie lettere a Théria; che durante tutto il viaggio, aveva fatto tutto il possibile per ingoiare vetro, terra e spille; che gli aveva proposto di tagliare la gola a Desgrais, d'uccidere il cameriere del signor commissario; che gli aveva detto che bisognava prendere e bruciare la cassetta, che era necessario portare la miccia accesa per bruciar tutto, che aveva scritto a Penautier dalla Conciergerie,[39] che lei gli diede la lettera, e che lui finse di portarla.

Da ultimo Françoise Roussel depose: che era stata al servizio della signora de Brinvilliers; che questa signora le aveva dato un giorno dei ribes canditi, ch'ella li aveva mangiati sulla punta d'un coltello, e che subito s'era sentita male. Che le aveva dato inoltre una fetta di prosciutto

---

[39] Questa lettera dice così:

« Occorrerebbe che Martin, che andava nel vostro quartiere, si tenesse al chiuso e nascosto, fatelo con diligenza. »

Penautier non ricevette questa lettera; ma, vedendo che la signora di Brinvilliers era stata arrestata, fece lui stesso avvertire Martin con largo anticipo perché non lo trovassero da lui quando si presentarono per arrestarlo. V. l'invettiva contro Penautier, pag. 51.

umido, che lo aveva mangiato, e da quel momento aveva sofferto un gran mal di stomaco, sentendo come se le avessero punto il cuore, e che era stata così per tre anni, e che credeva di essere stata avvelenata.

Era difficile continuare lo stesso sistema di negazione assoluta, di fronte a simili prove. La marchesa di Brinvilliers persistette nel sostenere che non era colpevole, e il signor Nivelle, uno dei migliori avvocati di quel tempo, accondiscese ad incaricarsi della sua causa.

Combatté, gli uni dopo gli altri, e con talento rimarchevole, tutti i gravami dell'accusa, confessando gli amori adulterini della marchesa con Sainte-Croix, ma negando la sua partecipazione agli omicidi dei signori d'Aubray padre e figli, facendone ricadere tutta la responsabilità sulla vendetta che Sainte-Croix voleva compiere su di loro. Quanto alla confessione, che era la più forte, e, secondo lui, l'unica colpa che si potesse opporre alla Brinvilliers, delegittimò la validità di una tale testimonianza con fatti estrapolati da casi simili, nei quali la testimonianza portata dai colpevoli contro sé medesimi non era stata ammessa, in virtù di quell'assioma giuridico noto come *Non auditur perire volens*.[40]

Egli citò tre esempi; e siccome non mancano d'interesse, noi li copiamo testualmente dal suo memoriale: [41]

### PRIMO ESEMPIO.

Domenico Scoto, famosissimo canonista e grande teologo, che era confessore di Carlo V, e che avea assistito

---

[40] Dal *Ballentine's Law Dictionary*, definizione conosciuta anche nella variante *Nemo auditur perire volens*, ma con lo stesso significato: Chi è desideroso di morire non verrà ascoltato. Chi si confessa colpevole di un crimine, con lo scopo di morire, non sarà sentito. (*N. d. T.*)

[41] Invettiva a favore della signora Marie–Magdelaine d'Aubray marchesa de Brinvilliers, accusata, pag. 30 e seguenti.

alle prime adunanze del Concilio di Trento, sotto Paolo III, sollevò la questione d'un uomo il quale aveva perduta una carta dove erano scritti i suoi peccati: ora avvenne che un giudice ecclesiastico trovata quella carta, volle processare su quel fondamento chi l'aveva scritta. Quel giudice fu giustamente punito dal suo superiore, pel motivo che la confessione è cosa sì sacra, che financo chi è destinato a farla dev'essere sepolto in un eterno silenzio. È in virtù di questa proposizione, che fu promulgato il seguente giudizio, riportato nel *Trattato de' Confessori*, di Roderigo Acugno, celebre arcivescovo portoghese.

Un Catalano, nato nella città di Barcellona, che era stato condannato a morte per un omicidio da lui commesso e confessato, rifiutò di confessarsi giunta l'ora del supplizio. Per quante istanze gli venissero fatte, resistette con tanta violenza, senza nemmen dar ragione alcuna dei suoi rifiuti, che ognuno fu persuaso che quella condotta, che si attribuiva al turbamento del suo animo, fosse causata in lui dal timore della morte.

Fu avvertito di questa sua ostinazione San Tommaso di Villanova, arcivescovo di Valenza in Spagna, ch'era il luogo dove era stata emanata la sentenza. Il degno Prelato ebbe allora la carità di volersi adoperare per indurre il delinquente a fare la sua confessione, onde non perdere insieme l'anima e il corpo. Ma fu molto sorpreso, allorché, avendogli chiesto la ragione del suo rifiuto di confessarsi, il condannato gli rispose ch'ei doveva aborrire i confessori, non essendo egli stato condannato che per conseguenza della rivelazione che il suo confessore aveva fatto dell'omicidio che lui aveva dichiarato; che nessuno ne aveva avuto conoscenza, ma che, si era confessato e aveva palesato il proprio delitto e dichiarato il luogo dove aveva seppellito colui che aveva assassinato e tutte le altre circostanze del delitto; che quelle circostanze erano state rivelate dal suo confessore, egli non aveva potuto negarle, dando così luogo alla sua condanna; che allora soltanto aveva saputo quello che non sapeva quando era andato a confessarsi, cioè che il suo confessore era fratello di quello che aveva ucciso, e che il desiderio della vendetta aveva spinto quel cattivo prete a rivelare la sua confessione.

San Tommaso di Villanova, a tale dichiarazione, giudicò quell'incidente essere molto più grave del processo medesimo, il quale non riguardava che la vita d'un privato, mentre qui, si trattava dell'onore della religione, le cui conseguenze erano infinitamente più importanti. Credette opportuno informarsi sulla veridicità di quella dichiarazione, fece chiamare il confessore, e fattogli confessare quel delitto di rivelazione, costrinse i giudici, che avevano condannato l'accusato, a revocare il loro giudizio e rimandarlo assolto; il che fu fatto con l'ammirazione e gli applausi del pubblico.

Quanto al confessore, fu condannato ad una fortissima pena, che San Tommaso mitigò in considerazione della pronta confessione da egli fatta della propria colpa, e specialmente per l'occasione che gli si era offerta, di far vedere in piena luce il rispetto che i giudici stessi devono avere per le confessioni.

### SECONDO ESEMPIO.

Nel 1579, un oste di Tolosa, aveva ucciso da solo e all'insaputa di tutta la casa, un forestiero da lui alloggiato, e l'aveva seppellito segretamente nella propria cantina. Quello sciagurato, agitato dai rimorsi, si confessò dell'assassinio, ne palesò tutte le circostanze, ed indicò perfino al confessore il luogo dove aveva sepolto il cadavere. I parenti del defunto, dopo ogni ricerca possibile per procurarsi notizie, fecero, da ultimo, pubblicare nella città, che avrebbero dato una grossa ricompensa a chi avrebbe saputo dare indicazioni sicure sul loro amato. Il confessore, tentato dalla cupidigia della somma promessa, avvertì in segreto che non si aveva che a cercare nella cantina dell'oste, e che si sarebbe trovato il cadavere. Lo si trovò infatti nel luogo indicato. L'oste fu imprigionato e, messo alla tortura, confessò il suo delitto. Ma, dopo quella confessione, sostenne sempre che il suo confessore era il solo che potesse averlo tradito.

Allora il Parlamento, indignato della via adoperata per sapere la verità, lo dichiarò innocente, finché non si avessero altre prove, oltre la denunzia del confessore.

Quanto a costui, fu condannato ad essere impiccato e il suo cadavere gettato nel fuoco, tanto il Tribunale aveva riconosciuto nella propria saggezza, quanto fosse importante salvaguardare la dignità di un sacramento indispensabile alla redenzione.

TERZO ESEMPIO.

Una donna armena aveva ispirato una violenta passione ad un giovane signore turco; ma la virtù della donna era stata per molto tempo d'ostacolo al desiderio dell'innamorato. Infine, non badando più a riguardi, costui minacciò d'ucciderla, unitamente al marito, se non accondiscendeva a soddisfarlo. Atterrita da quella minaccia, da cui sapeva purtroppo di non poter sfuggire, finse di cedere, e diede al turco un appuntamento a casa sua in un momento in cui lo convinse che suo marito sarebbe stato assente; ma, al momento convenuto, capitò il marito, e benché il turco fosse armato d'una sciabola e due pistole, le cose volsero in guisa ch'essi furono abbastanza fortunati da uccidere il loro nemico, e lo seppellirono nella loro casa senza che nessuno lo sapesse.

Alcuni giorni dopo il fatto, andarono a confessarsi da un prete loro connazionale, al quale palesarono, ne' più minuti particolari, il tragico fatto. Quell'indegno ministro del Signore, credendo allora che, in un paese retto da leggi maomettane, dove il carattere del sacerdozio e le funzioni del confessore sono o ignorate o proscritte, non sarebbe stata esaminata la fonte degli indizi e che la sua testimonianza avrebbe avuto lo stesso peso di quella di ogni altro denunziatore, risolse per conseguenza, di trar partito dalle circostanze a vantaggio della propria cupidigia. Andò più volte a trovare marito e moglie, facendosi prestare ogni volta grosse somme, minacciandoli di rivelare il loro delitto se si fossero rifiutati. Le prime volte, quei disgraziati aderirono alle esigenze del prete; ma venne alla fine un momento in cui, spogliati d'ogni bene, furono costretti a ricusargli la somma che domandava. Fedele alla sua minaccia, il prete andò tosto a denunziarli al padre del defunto per trarne altro lucro. Questi, che adorava il figliuolo, corse a trovare il visir, gli disse che conosceva gli uccisori del figlio per la deposizione del prete, al quale si erano confessati, e gli chiese giustizia; ma quella denunzia non ebbe l'effetto atteso, perché il Visir invece concepì tanta pietà pe' miseri armeni, quanto sdegno contro il prete che li aveva traditi.

Allora fece passare l'accusatore in una stanza e mandò a cercare il vescovo armeno per chiedergli che cosa fosse la confessione, che castigo meriterebbe un prete che la rivelasse, e qual fosse la sorte che si faceva provare a coloro i cui delitti erano scoperti per cotesta via. Il vescovo rispose, che il segreto della confessione era inviolabile, che la giustizia dei cristiani faceva bruciare qualsiasi prete che facesse rivelazioni, e rimandava assolti quelli che venivano accusati in tal modo, perché la confessione che il reo aveva fatta al sacerdote gli era comandata dalla religione cristiana, sotto pena della dannazione eterna.

Il visir, soddisfatto di quella risposta, lo fece entrare in un'altra stanza, e mandò a chiamare gli accusati per sapere da loro le circostanze del fatto. Quei meschini, tramortiti, si gettarono prima ai piedi del visir. La donna prese allora la parola, e gli rappresentò che la necessità di difendere il proprio onore e la vita aveva loro poste le armi in mano ed aveva diretto i colpi ond'era morto il loro nemico; soggiunse, che Dio solo era stato testimonio del loro delitto, e che questo sarebbe rimasto ignorato, se la legge del medesimo Dio non li avesse obbligati a deporne il segreto nel seno d'un ministro per ottenerne la remissione; ma che la cupidigia insaziabile del prete, dopo averli ridotti alla miseria, li aveva denunziati.

Il visir li fece passare in una terza stanza, e chiamò il prete rivelatore, che pose al cospetto del vescovo, e da questi gli fece ripetere quali fossero le pene che incontrano coloro che rivelano le confessioni; poi, applicando cotesta pena al colpevole, lo condannò ad essere arso vivo sulla pubblica piazza, aspettando, egli soggiunse, ch'egli fosse all'inferno, dove non poteva mancar di ricevere il castigo delle sue infedeltà e de' suoi delitti.

La sentenza fu eseguita all'istante.

Malgrado l'effetto che l'avvocato si attendeva da questi tre esempi, o i giudici non li accettarono, o forse, senza attenersi alla confessione, giudicarono le altre prove sufficienti, fu a tutti subito evidente l'andamento del processo e che la marchesa sarebbe stata condannata. E infatti, prima anzi che il giudizio fosse pronunciato, ella vide il giovedì mattina, 16 luglio 1676, entrare nella sua prigione il signor Pirot, dottore alla Sorbona, che le era stato mandato dal primo presidente. Quel degno magistrato, prevedendo già l'esito del giudizio, e pensando che sarebbe stato troppo tardi, per una simile colpevole, essere assistita solo nella sua ultima ora, fece venire quel buon prete, e benché questi gli avesse fatto osservare che la Congiergerie aveva i suoi due elemosinieri ordinari, e gli avesse detto d'esser troppo debole per tale ufficio, lui che non poteva vedere sanguinare una persona estranea senza sentirsi male, il signor presidente insistette così tanto, ripetendo che aveva bisogno in quell'occasione di un uomo nel quale potesse riporre intera fiducia, ch'egli si decise ad accettare la penosa missione.[42]

Infatti, il Presidente dichiarò egli stesso che, per abituato che fosse ai colpevoli, la signora di Brinvilliers era dotata d'una forza che lo spaventava. La vigilia del giorno che aveva fatto venire Pirot, egli aveva lavorato a quel processo dalla mattina fino a notte, e per tredici ore l'accusata era stata confrontata con Briancourt, uno de' testimoni che più l'aggravavano. Quel medesimo giorno aveva avuto luogo un altro confronto di cinque ore, ed ella lo aveva sostenuto con tanto rispetto pei giudici quanta fierezza verso il testimone, rimproverando a costui d'essere un miserabile servo dedito all'ubriachezza, e che, essendo stato scacciato da casa sua per le sue sregolatezze, la sua testimonianza non doveva avere nessuna forza contro di lei. Il primo presidente non aveva dunque speranza d'infrangere quell'anima insensibile, che in un ministro della religione; perché egli era convinto che non bastava giustiziarla in place de Grève, ma era necessario che i suoi veleni morissero con lei, altrimenti la società non avrebbe risentito alcun vantaggio dalla sola sua morte.

---

[42] A partire da questo momento, grazie alla relazione manoscritta che ha lasciato il signor Pirot, e che la nostra saggia amica Paulin Paris ha voluto mettere a nostra disposizione, possiamo seguire passo passo Madame de Brinvilliers quasi fino al supplizio. Questa relazione era del tutto inedita, e la troviamo citata in Gayot de Pitaval e in Richer, ma non se ne sono serviti.

# CAPITOLO IX

Il dottor Pirot si presentò dalla marchesa con una lettera di sua sorella, che, come abbiamo detto era monaca carmelitana nel convento di Saint-Jacques, col nome di suor Marie: questa lettera esortava la signora di Brinvilliers, ne' termini più commoventi ed affettuosi, ad aver fiducia di quel degno Prete, e ad averne riguardo non solo come valido supporto morale, ma anche come amico.

Quando il signor Pirot si presentò davanti all'accusata, ella era stata appena ricondotta dal cavalletto,[43] dov'era rimasta seduta tre ore senza aver confessato nulla, senza essersi mostrata menomamente toccata da quello che il primo presidente le aveva detto, quantunque dopo aver fatto l'ufficio di giudice, egli avesse preso il tono d'un sacerdote, facendole sentire lo stato deplorevole in cui si trovava comparendo per l'ultima volta davanti agli uomini, e dovendosi presentare presto davanti a Dio, e le avesse detto, per intenerirla, tali cose, che le lacrime gli avevano troncato la parola, e pure i giudici più vecchi e induriti avevano pianto ascoltandolo. Allorché la marchesa scorse il dottore, avvedendosi che il suo processo sarebbe finito colla condanna a morte, avanzò verso di lui, dicendo:

– È forse il signore che viene per....

Ma a questa parola padre Chavigny, che accompagnava il signor Pirot, l'interruppe:

– Signora, – disse, – cominciamo dapprima con una preghiera.

Si posero tutti e tre inginocchiati, e invocarono lo Spirito

---

[43] Strumento di tortura a forma di cavalletto. (*N. d. T.*)

Santo; allora la signora de Brinvilliers chiese agli assistenti d'aggiungerne una per la Madonna; poi, finita quella preghiera s'accostò al dottore, e, ripigliando la sua frase:

– Di certo, signore – disse lei – siete colui che il signor primo presidente manda per consolarmi; è con voi dunque che devo passare quel poco che mi resta da vivere. Da molto tempo ero impaziente di vedervi.

– Signora, – rispose il dottore – vengo a rendervi tutti gli uffici spirituali che potrò; soltanto, desideravo che ciò fosse fatto in tutt'altra occasione che questa.

– Signore, – replicò la marchesa, sorridendo – bisogna adattarsi a tutto.

E allora, volgendosi verso il padre Chavigny:

– Padre mio – continuò, – vi sono obbligatissima d'avermi condotto monsignore e di tutte le altre visite che vi premuraste di farmi. Pregate Iddio per me, ve ne supplico. D'ora innanzi io non parlerò più che con questo signore. Addio dunque, padre. Dio vi ricompenserà delle cure che aveste per me.

A tali parole, il padre si ritirò e lasciò la marchesa da sola col dottore, i due uomini e la donna che l'avevano sempre custodita. Era uno stanzone situato nella torre di Montgommery, e che aveva tutta l'ampiezza della torre. In fondo c'era un letto dal cortinaggio grigio per la signora e una branda per la guardia. Era la medesima stanza dove si diceva fosse stato un giorno rinchiuso il poeta Théophile,[44]

---

[44] Théophile de Viau, nato nell'aprile del 1590 a Clairac e morto a Parigi il 25 settembre 1626. Poeta e drammaturgo imprigionato per libertinaggio e sodomia; condannato a morte per la pubblicazione di una raccolta di poemi licenziosi *Le Parnasse satyrique*, riuscì a scappare ma venne catturato e rinchiuso nella prigione della Conciergerie a Parigi per quasi due anni; dopo che il suo caso divenne popolare tra gli intellettuali del suo tempo, la sua condanna venne commutata in bando dalla città. (*N. d. T.*)

e si vedevano ancora presso all'uscio de' versi di sua fattura e scritti di suo pugno.

Appena i due uomini e la donna videro con quale intenzione il dottore fosse venuto, si ritirarono in fondo alla stanza, lasciando la marchesa libera di chiedere e ricevere le consolazioni che le recava l'uomo di Dio. Allora la marchesa e il dottore sedettero ad un tavolo, ognuno da una parte. La marchesa si credeva già condannata e cominciò un conseguente discorso; ma il dottore le disse, che ancora non era stata giudicata, ch'egli non sapeva nemmeno precisamente quando sarebbe stata emanata la sentenza, e meno ancora di qual tenore sarebbe stata; ma, a tali parole, la marchesa lo interruppe.

– Signore, – gli disse – io non mi curo più dell'avvenire. Se la mia sentenza non è stata emanata, lo sarà presto. M'aspetto di averne la notizia stamattina, e non mi riprometto altro fuorché la morte; la sola grazia che spero dal signor primo presidente è un intervallo fra la sentenza e l'esecuzione; ché, infine, se fossi giustiziata oggi, avrei ben poco tempo per prepararmi ed io, signore, sento d'averne molto bisogno.

Il dottore non si aspettava quelle parole, onde fu lieto di vederla tornata a simili sentimenti. E infatti, oltre a quanto gli aveva detto il primo presidente, padre Chavigny gli aveva raccontato che la domenica precedente, avendole fatto capire esservi poca probabilità che potesse evitare la morte, e come, da quanto egli poteva giudicare dalle dicerie sparse per la città, ella dovesse prepararvisi. A tali parole, ella era parsa dapprima atterrita, e gli aveva detto tutta spaventata:

– Padre mio, morirò dunque per questa faccenda?

Ed avendo voluto dirle qualche parola per consolarla, ella aveva tosto rialzato e scosso il capo, rispondendogli con alterezza:

– No, no, padre mio, non c'è bisogno di rassicurarmi; saprò ben io prendere il mio partito da per me, e in quel momento saprò morire da donna forte.

E poiché il padre allora le aveva detto che la morte non era una cosa alla quale si possa disporsi sì prontamente, né con tanta facilità, e che occorreva, al contrario, prevederla da lontano, per non esserne sorpresi, ella gli aveva risposto che non le occorreva più d'un quarto d'ora per confessarsi, e un secondo per morire. Il dottore fu dunque lietissimo nel vedere che, dalla domenica al giovedì, la marchesa avesse cangiato a quel segno di sentimenti.

– Sì, – ella continuò dopo una pausa – più rifletto, e più penso che un giorno sarebbe troppo poco per pormi in stato di presentarmi al tribunale di Dio, ond'esser giudicata da lui dopo esserlo stata dagli uomini.

– Signora, – rispose il dottore – io non so quando verrà data, né che cosa conterrà la vostra sentenza; ma fosse anche una sentenza di morte, e con la data di oggi, ardisco assicurarvi anticipatamente, che non sarà eseguita che domani. Ma, quantunque la morte sia ancora incerta, approvo molto che vi ci prepariate ad ogni modo.

– Oh! la mia morte è certa, né mi lusingherò in una speranza inutile. Debbo parlarvi in grande confidenza di tutta la mia vita; ma, padre mio, prima di aprirvi in simil modo il cuore, permettete ch'io sappia da voi medesimo l'idea che vi siete fatto di me, e quello che credete io debba fare nello stato in cui mi trovo.

– Voi prevenite il mio pensiero – rispose il dottore, – e anticipate quello che cercavo di dirvi. Prima di entrare nel segreto della vostra coscienza, prima d'incominciare la discussione delle cose vostre con Dio, mi sento, o signora, di darvi alcune norme sulle quali possiate fissarvi. Io non vi conosco ancora rea di nulla, e sospendo il mio giudizio su tutti i delitti di cui v'incolpano, non dovendo io saperne nulla se non dalla vostra confessione. Sicché, devo dubitare ancora che voi siate colpevole; ma non posso ignorare di che siete accusata; l'accusa è pubblica, ed è giunta fino a me. Poiché – continuò il dottore – voi potete immaginarvi, signora, che il vostro affare fa molto chiasso, e vi sono ben pochi che non ne sappiano qualche cosa.

– Sì, sì – disse ella, sorridendo. – So che se ne parla molto e che sono la favola del popolo.

– Dunque – riprese il dottore – il delitto del quale voi siete accusata è d'avvelenamento, ed io ho da dirvi che se voi ne siete rea, come si crede, non potete sperare perdono davanti a Dio, se non dichiarate prima ai vostri giudici qual'è il vostro veleno, quali gl'ingredienti ch'entrano nella sua composizione, quale ne sia l'antidoto, e come si chiamano i vostri complici. È necessario, signora, far man bassa su questi malvagi senza risparmiarne uno solo; poiché essi sarebbero in grado, se voi li perdonate, di continuare a servirsi del vostro veleno, e voi diventereste allora colpevole di tutti i delitti ch'essi potrebbero commettere dopo la vostra morte, per non averli denunziati ai giudici durante la vostra vita; cosicché si potrebbe dire che voi sopravvivreste a voi medesima, ché il vostro delitto vi sopravvivrebbe. Ora, voi sapete, signora, che il peccato unito alla morte non riceve mai perdono, e che, per ottenere la remissione del vostro delitto, se siete rea, bisogna farlo morire prima di voi; giacché, se non lo uccidete, signora, badate, vi ucciderà lui.

– Sì, io convengo di tutto ciò, signore – disse la marchesa, dopo un momento di silenzio e di riflessione. – E, senza ancor dichiarare ch'io sia colpevole, vi rispondo, se lo sono, di ponderar bene le vostre massime. Tuttavolta, un quesito, signore, e pensate che la vostra risposta mi è necessaria. Non vi è, signore, alcun delitto irremissibile in questa vita? Non ci sono, signore, peccati sì enormi e in sì gran numero, che la Chiesa non ardisca rimetterli, e che la misericordia di Dio non possa enumerarli ed assolverli? Permettete ch'io cominci con questa domanda, signore, ché sarebbe inutile ch'io mi confessassi, se non potessi sperare.

– Voglio credere, signora, – rispose il dottore, guardando suo malgrado la marchesa con una certa paura – che quello che voi avanzate non sia se non una tesi generale che voi mi proponete, e non abbia alcun rapporto collo stato della vostra coscienza. Risponderò dunque alla vostra domanda, senza applicarvela in alcun modo. No, signora, non vi sono peccati irremissibili in questa vita, per enormi che sieno e per quanto grande ne sia la quantità. È anzi un articolo di fede, talché voi non potreste morire cattolica se ne dubitaste. Alcuni dottori, è vero, hanno sostenuto altre volte il contrario; ma furono condannati come eretici. Non c'è che la disperazione e l'impenitenza finale che siano irremissibili, e sono peccati di morte e non di vita.

– Signore – riprese la Marchesa – Dio mi fa la grazia d'essere convinta di quanto voi mi dite. Credo ch'egli possa rimettere tutti i peccati; credo che abbia esercitato spesso questo potere. Ora, ogni mia paura è ch'egli non voglia fare l'applicazione della sua bontà ad un soggetto sì miserabile qual io sono, e ad una creatura resasi tanto indegna delle grazie che lui ha già fatto.

Il dottore la rassicurò come meglio poté e si mise allora ad esaminarla con attenzione, mentre continuava a ragionar con lei.

Era – racconta – una donna naturalmente intrepida e di grande coraggio; pareva nata con sentimenti buoni ed onesti; con un'aria indifferente a tutto; d'uno spirito vivo e penetrante, che concepiva le cose in modo preciso, e le esprimeva giuste e con poche parole, ma chiarissime; trovava sull'istante espedienti per uscire da una situazione difficile, e prendeva a un tratto il suo partito nelle cose più imbarazzanti; leggera, del resto, e poco suscettibile; ineguale, e non troppo ferma, si annoiava quando le si parlava spesso della stessa cosa; perciò fui costretto, – continua il dottore, – a variare di quando in quando quello che le dissi, per tenerla occupata poco sopra uno stesso tema, ch'io però riproducevo agevolmente, dandogli un nuovo aspetto, e proponendolo sotto nuove forme. Parlava poco e molto bene, ma senza studio e affettazione; padrona assoluta di sé, sempre presente a se stessa e non dicendo se non quello che voleva dire, nessuno l'avrebbe presa dalla sua fisionomia o dal suo discorso per una persona così maligna come apparve d'essere per la pubblica confessione del suo parricidio; ed è una cosa sorprendente, ed è d'uopo adorare il giudizio di Dio quando abbandona l'uomo a se stesso, che un'anima che aveva per sua natura qualcosa di grande, un sangue freddo raro negli accidenti più imprevisti, una fermezza a tutta prova, una risolutezza ad aspettar la morte e soffrirla benanche, se fosse stato necessario, sarebbe stata capace d'una viltà sì grande come quella che si trova nel parricidio da lei confessato ai giudici. Ella non aveva nulla nel volto che presagisse una sì strana malizia: aveva i capelli castani e foltissimi, il volto rotondo e regolare, gli occhi turchini, dolci e bellissimi, pelle straordinariamente bianca, naso molto ben fatto; nessun lineamento antipatico, e nulla, infine, che potesse far passare il volto di lei per seducentissimo; aveva già alcune rughe e mostrava più anni di quelli che realmente aveva. Qualche cosa m'obbligò a chiederle la sua età nel primo colloquio. – Signore, ella mi disse, se vivessi fino al giorno della Maddalena, avrei quarantasei anni. Venni al mondo in quel giorno e ne porto il nome. Fui chiamata al battesimo Marie–Magdelaine. Ma, per vicino che sia quel giorno, io non vivrò fino ad allora; bisogna finire oggi o domani al più tardi, ed è una grazia che mi si farà a differirlo d'un giorno; e tuttavia mi aspetto questa grazia sulla vostra parola. – Le si sarebbero dati, al vederla, quarantott'anni. Per dolce che sembrasse il volto di lei, quando le passava qualche dispiacere per la mente, lo palesava con una smorfia che poteva dapprincipio far paura, e di tanto in tanto m'accorgevo di convulsioni che mostravano indignazione, disprezzo e dispetto. Dimenticavo di dire ch'era di piccolissima statura e molto gracile.

Ecco all'incirca la descrizione del fisico e dello spirito di questa donna, che conobbi in poco tempo, ma che osservai attentamente per condurmi poi, secondo quello che avrei notato.[45]

In mezzo al primo schizzo della sua vita ch'ella tracciava al suo confessore, la marchesa si ricordò che questi non aveva ancora detto messa, e lo avvertì ella medesima d'esser tempo di dirla, indicandogli la cappella della Conciergerie, pregandolo di celebrarla per lei in onore di Maria Vergine, per ottenere l'intercessione presso Dio, per lei, che in mezzo ai suoi delitti e sregolatezze, non aveva tralasciato di riguardarla come sua protettrice e d'averne una devozione particolare; e poiché non poteva scendere col prete, gli promise almeno d'assistervi collo spirito.

Erano le dieci e mezzo del mattino quando egli la lasciò, e in quattro ore soltanto di conversazione l'aveva condotta, mediante la sua tenera pietà e la sua dolce morale, a confessioni che non avevano potuto trarre da lei le minacce dei giudici ed il timore della tortura; cosicché celebrò santamente e devotamente la messa, pregando il Signore

---

[45] Relazione della morte della Brinvilliers, del signor Pirot, dottore alla Sorbona, manoscritto 459. (*La marchesa de Brinvilliers. Racconto dei suoi ultimi momenti. Manoscritto di P. Pirot, suo confessore. Note e documenti sulla sua vita e sul suo processo*, a cura di G. Roullier, Paris, Alphonse Lemerre, 1883. *N. d. T.*)

d'aiutare colla medesima forza il confessore e la sofferente.

Nel rientrare in casa del custode dopo la messa, mentre prendeva un bicchier di vino, seppe da un libraio del palazzo, di nome Seney, che si trovava là per caso, che la signora di Brinvilliers era stata giudicata e doveva avere la mano tagliata. Questo rigore delle conclusioni, che, del resto, fu raddolcito nella sentenza, gl'ispirò maggior interesse per la sua penitente, e si recò all'istante da lei.

Appena ella vide aprirsi la porta, gli mosse incontro con serenità e gli chiese se avesse pregato per lei; e quando il dottore l'ebbe assicurata: – Padre mio – gli disse – non avrò la consolazione di ricevere il Viatico[46] prima di morire?

– Signora – rispose il dottore – se voi siete condannata a morte, morrete certo senza quello, ed io v'ingannerei se vi facessi sperare in questa grazia. Abbiamo veduto nella storia morire un conestabile,[47] e fu il conestabile di Saint-Pol,[48] senza aver potuto ottenere un tal favore, per quante istanze avesse fatto onde non esserne privo. Fu giustiziato in place de Grève alla vista delle torri di Notre-Dame. Fece la sua preghiera, come voi potrete fare la vostra, se vi toccasse la medesima sorte. Ma nulla di più; e nella sua bontà, Dio permette che ciò basti.

– Ma, – riprese la marchesa – mi pare padre mio, che i signori Cinq-Mars e Thou[49] si fossero comunicati prima

---

[46] La comunione amministrata ai fedeli gravemente infermi dopo l'estrema unzione. (*N. d. T.*)

[47] Ufficiale soprintendente alle stalle imperiali. (*N. d. T.*)

[48] Luigi di Lussemburgo–Saint–Pol (1418–1475), conosciuto con il nome di conestabile di Saint–Pol, condannato a morte e decapitato per alto tradimento dal Parlamento francese. (*N. d. T.*)

[49] Henri Coiffier de Ruzé, marchese di Cinq–Mars (1620–1642) e François Auguste de Thou (1607–1642), magistrato. Decapitati per ordine del cardinale Richelieu per aver cospirato contro di lui nella famosa cospirazione di Cinq–Mars con gli spagnoli, da cui Alfred de Vigny ha

di morire.

– Non credo – rispose il dottore – poiché non si trova, né nelle *Memorie* di Montresor,[50] né in alcun altro libro che ne racconta il supplizio.

– Ma il signor di Montmorency?[51] – ella disse.

– E il signor di Marillac?[52] – rispose il dottore.

Effettivamente, se quel favore era stato accordato al primo, era stato negato al secondo, e l'esempio colpì tanto più la marchesa, in quanto il signor di Marillac era della sua famiglia, ed ella teneva codesta parentela in grande onore. Senza dubbio, ella ignorava che il signor di Rohan[53] si fosse comunicato nella messa notturna che celebrò per la salute dell'anima sua il padre Bourdaloue;[54] perché non ne parlò, e si contentò dopo la risposta del dottore, di cacciare un sospiro.

– D'altronde – continuò questi – quand'anche mi citasse, signora, qualche esempio straordinario, non fate conto sulla grazia; quelle sono eccezioni e non leggi. Voi non dovete sperare di ricevere privilegi; le cose seguiranno a vostro riguardo il corso consueto, e si farà per voi, come per gli altri condannati. Che cosa sarebbe dunque se voi foste nata e morta al tempo di Carlo VI? Fino al regno di quel principe, i rei morivano senza confessore, e fu per ordine

---

tratto un romanzo dal titolo *Cinq-Mars*. (*N. d. T.*)

[50] Claude de Bourdeille, conte di Montrésor (1606-1663), aristocratico francese, partecipa alla cospirazione di Cinq-Mars ed è costretto a riparare in Inghilterra, ma redige le sue *Memorie* pubblicate postume nel 1663. (*N. d. T.*)

[51] Henri II de Montmorency (1595-1632), decapitato nel 1632 per aver congiurato contro il cardinale Richelieu. (*N. d. T.*)

[52] Louis de Marillac (1572-1632), decapitato nel 1632 per aver preso parte alla congiura contro il cardinale Richelieu. (*N. d. T.*)

[53] Henri II duc de Rohan (1579-1638). (*N. d. T.*)

[54] Louis Bourdaloue (1632-1704), ecclesiastico molto apprezzato da madame de Sévigné, che lo cita nelle sue lettere. (*N. d. T.*)

di quel re soltanto, che si rinunziò a tale severità. Del resto, signora, la comunione non è assolutamente necessaria alla redenzione, e d'altronde si può comunicarsi spiritualmente, leggendo la parola, che è come il corpo, unendosi alla Chiesa, che è la sostanza mistica di Cristo, e soffrendo per lui, e con lui, quest'ultima comunione del supplizio, che è la vostra parte, signora, è la più perfetta di tutte. Se voi detestate il vostro delitto di tutto cuore, se amate Dio con tutta l'anima, se avete la carità e la fede, la vostra morte sarà un martirio e come un secondo battesimo.

– Ahimè! Dio mio! – riprese la marchesa. – Secondo quello che mi dite, signore, e poiché occorrerà la mano del carnefice per salvarmi, cosa sarebbe stato di me se fossi morta a Liegi, e dove mi troverei mai ora? E, quando anche non fossi stata catturata, ed avessi vissuto ancora vent'anni fuori dalla Francia, come sarebbe stata la mia morte, se ci voleva non meno del patibolo per santificarla? Ora, io vedo tutti i miei torti, signore, e considero come il più grande l'ultimo di tutti, vale a dire la mia sfrontatezza in faccia ai giudici. Ma nulla è perduto ancora, grazie a Dio, e giacché ho un ultimo interrogatorio da subire, io voglio fare una confessione completa di tutta la mia vita. Quanto a voi, signore – ella continuò – domandate perdono per me particolarmente al signor primo presidente; mi ha detto ieri, mentre sedevo sul cavalletto, delle cose molto commoventi, e delle quali mi sono sentita tutta intenerire; ma non ho voluto dimostrarlo, perché pensavo che, mancando la mia confessione, non vi fossero contro di me prove abbastanza forti per condannarmi. È andata diversamente, e ho dovuto scandalizzare i miei giudici coll'audacia che ho dimostrato in tale occasione. Ma riconosco il mio fallo e lo riparerò. Aggiungete, signore, che lungi dal serbar rancore al signor primo presidente pel giudizio ch'egli oggi pronuncia contro di me; che, lungi dal lagnarmi del signor primo cancelliere che l'ha sollecitato, io li ringrazio ambedue umilmente, poiché da ciò ne dipenderà la mia redenzione.

Il dottore stava per rispondere onde incoraggiarla in quella via, allorché l'uscio si aprì. Le si recava il pranzo, dato che era già l'una e mezza. La marchesa s'interruppe, e badò ad apparecchiare con tanta disinvoltura, come se avesse fatto gli onori nella sua casa di campagna. Fece sedere a tavola i due uomini e la donna che la custodivano, e volgendosi verso il dottore disse: – Signore, voi volete che non si facciano complimenti a vostro riguardo; queste brave persone sogliono pranzare con me, per tenermi compagnia, e noi faremo così anche oggi, se lo permettete. È – disse – l'ultimo pasto che farò con voi. – Poi, volgendosi verso la donna: – Mia povera signora du Rus, – aggiunse, – è molto tempo che vi faccio penare; ma un po' di pazienza ancora, ed in breve vi sarete sbarazzata di me. Domani potrete andare a Dravet, ne avrete di tempo per questo; ché, tra sette o otto ore, non avrete più a che fare con me, ed io sarò nelle mani di monsignore, e non vi sarà più permesso di avvicinarmi. Da quel momento voi potrete dunque partire per ritornarvene a casa, ché non credo abbiate il cuore di vedermi suppliziare.

Ella parlava così, con grande tranquillità di spirito e senza alcuna alterigia; poi, siccome di tanto in tanto essi si voltavano per nascondere le lacrime, ella faceva un segno di pietà. Allora, vedendo che il pranzo restava sulla tavola e nessuno mangiava, invitò il dottore a prendere la sua minestra, chiedendogli scusa perché il custode vi aveva mescolato dei cavoli; il che ne faceva una zuppa comune ed indegna d'essergli offerta. Per sé, prese un brodo e mangiò due uova, scusandosi coi commensali se non li serviva, mostrando loro che non le si lasciavano alla sua portata né forchetta, né coltello.

Verso la metà del pranzo, pregò il dottore di voler permettere che si bevesse alla sua salute. Il dottore rispose a tale richiesta, bevendo alla sua, ed ella parve contentissima di quella condiscendenza. – Domani è un giorno di magro – disse – deponendo il bicchiere, – e, sebbene domani sia per me un giorno di grande fatica, poiché avrò in esso a soffrire la tortura e la morte, non pretendo di violare i comandamenti della Chiesa, mangiando di grasso.

– Signora – rispose il dottore – se voi aveste bisogno d'un brodo per ristorarvi, non ve ne fate scrupolo, ché non sarà per capriccio, ma per necessità che l'avrete preso, e la legge della Chiesa non obbliga in questo caso.

– Signore – riprese la marchesa – io non vi avrei difficoltà se ne avessi bisogno e se voi me lo ordinaste; ma ciò sarà inutile, spero; me ne farò dare uno stasera all'ora di cena, ed un altro più denso un po' prima di mezzanotte, e basterà per passar domani, con due uova fresche; ch'io prenderò dopo la tortura.

> È vero, – dice il prete nella relazione dalla quale prendiamo tutti questi particolari, – che io ero spaventato di tanto sangue freddo, e rabbrividivo in me, vedendola ordinare sì placidamente al custode che il brodo fosse più denso del solito quella sera, e che gliene tenessero pronte due tazze prima di mezzanotte. Finito il pranzo – continua sempre il signor Pirot, – le fu data carta e calamaio da lei chiesti, ed ella mi disse che, prima di farmi prendere la penna per pregarmi di scrivere quello che voleva dettarmi, aveva da stendere una lettera.

Questa lettera, che, a suo dire, la imbarazzava e dopo la quale sarebbe stata più libera, era pel marito. Ella dimostrò in quel momento tanta tenerezza per lui, che il dottore, dopo quanto era occorso, se ne stupì stranamente, e volendo metterla alla prova, le disse che la tenerezza da lei manifestata non era stata reciproca, avvegnaché suo marito l'aveva abbandonata a se stessa durante tutto il processo; ma allora la marchesa l'interruppe, dicendo:

– Padre mio, non bisogna sempre giudicare le cose sì prontamente e dalle apparenze: il signor de Brinvilliers è sempre entrato ne' miei interessi, e non ha mancato se non a quello che non poté fare; mai il nostro scambio epistolare ha cessato in tutto il tempo ch'io fui fuori dal regno; e non dubitate ch'egli si sarebbe recato a Parigi appena seppe del mio arresto, se i suoi affari gli avessero permesso di venirvi in sicurezza; ma bisogna che sappiate ch'egli è pieno di debiti, e non poteva comparir qui senza che i suoi creditori lo facessero arrestare. Non crediate dunque ch'egli mi sia insensibile.

Ciò detto, si mise a scrivere la sua lettera, e quando l'ebbe finita, la presentò al dottore, dicendogli: – Voi siete padrone, signore, di tutti i miei sentimenti fino all'ora della mia morte; leggete questa lettera, e se vi trovate qualche cosa da mutare, ditemelo. – Ecco la lettera così com'era:

« Nel punto in cui sono, di rendere l'anima a Dio, ho voluto assicurarvi della mia amicizia, la quale durerà per voi fino all'ultimo momento della mia vita. Vi domando perdono di tutto quello che ho fatto, contro quanto io vi dovevo; muoio d'una morte ignominiosa, che i miei nemici mi hanno tirato addosso.[55] Io perdono loro di tutto cuore, e vi prego di perdonarli. Spero che voi mi perdonerete pure

---

[55] Riproduciamo testualmente la lettera: non ci prendiamo la responsabilità né degli epiteti casuali, né degli errori d'ortografia che contiene. Non c'è altresì bisogno di ricordare al lettore, che le conversazioni sono riprodotte alla lettera, e che se facciamo dei tagli qualche volta, non aggiungiamo mai.

l'ignominia che potrebbe ricadere sopra di voi; ma pensate, noi non siam qui che per un frangente di tempo, e che fra poco voi sarete forse costretto ad andare a rendere a Dio un conto esatto di tutte le vostre azioni, perfino delle parole oziose, come sono io presentemente in stato di fare. Abbiate cura dei vostri affari temporali e dei nostri figli, e date loro l'esempio; consultate su ciò la signora Marillac e madama Cousté. Fate dire per me più preghiere che potete, e siate persuaso ch'io muoio tutta vostra.

D'AUBRAY. »

Il dottore lesse la lettera con attenzione, poi fece osservare alla marchesa che una frase in essa contenuta, era sconveniente: quella che si riferiva ai suoi nemici.

– Signora, – le disse – voi non avete altri nemici che i vostri delitti, e coloro che voi chiamate col nome di nemici sono quelli che amano la memoria del signore vostro padre e dei vostri fratelli, che voi dovreste amare più di loro.

– Ma, signore – rispose la marchesa – quelli che hanno cercato la mia morte non sono i miei nemici, e non è un sentimento cristiano il perdonar loro questa persecuzione?

– Signora – replicò il dottore – essi non sono vostri nemici. Siete voi nemica del genere umano, e nessuno è vostro nemico; ché non si può pensare al vostro delitto senza orrore.

– Eppure, signore – rispose lei – non ho rancore contro essi, e vorrei vedere in paradiso le persone che più contribuirono a perdermi e trarmi dove sono.

– Signora – le disse il dottore – come lo intendete questo? Si parla talvolta così, quando si desidera la morte di qualcuno. Spiegatevi dunque, ve ne prego.

– Il Cielo mi guardi, padre mio, d'intenderla a questo modo! – replicò la marchesa. – Dio conceda loro, al contrario, lunga prosperità in questo mondo, e nell'altro felicità e glorie infinite. Dettatemi dunque un'altra lettera, signore, ed io la scriverò come vi piacerà.

Scritta la nuova lettera, la marchesa non volle pensar più che alla sua confessione, e pregò il dottore di prendere la penna a sua volta.

– Poiché – gli disse – ho commesso tanti peccati e delitti, che se facessi una semplice confessione verbale, non sarei mai sicura di averne fatto un resoconto esatto.

Entrambi allora si misero in ginocchio per invocare la grazia dello Spirito Santo, e dopo aver detto un *Veni Creator Spiritus* ed una *Salve Regina*, il dottore si alzò e sedette davanti al tavolo, mentre la marchesa, inginocchiata, diceva un *Confiteor* e cominciava la confessione.

Alle nove di sera, padre Chavigny, che aveva condotto la mattina il dottor Pirot, entrò; la marchesa parve contrariata della sua visita, tuttavia lo ricevette facendo buon viso.

– Padre mio – ella disse – non credevo di vedervi così tardi; ma vi prego, lasciatemi ancora alcuni istanti con monsignore. – Il padre si ritirò. – Che cosa viene a fare? – chiese allora la marchesa, voltandosi verso il dottore.

– È bene – rispose questi – che voi non restiate sola.

– Mi lascereste forse? – esclamò la marchesa, con un sentimento che si avvicinava al terrore.

– Signora, farò quello che vi piacerà – rispose il dottore – ma voi mi rendereste un servizio se mi lasciaste ritirare a casa per alcune ore, durante le quali padre Chavigny potrebbe restare con voi...

– Ah! signore – ella esclamò, torcendosi le braccia – voi m'avevate promesso di non lasciarmi se non all'ora della morte, ed ecco che ve ne andate! Pensate ch'io vi vidi stamane per la prima volta; ma, da stamane, voi prendeste più posto nella mia vita che nessun altro dei miei più vecchi amici.

– Signora, – rispose il dottore – io non voglio altro che quello che volete voi. Se vi domando un po' di riposo, è per ripigliar il mio ufficio domani con maggior lena, e rendervi un servigio più grande che altrimenti non potrei farvi. Se non mi riposo, tutto quello che potrò dire e fare languirà. Voi credete all'esecuzione per domani; io non so se crediate il giusto; ma, da quanto dite voi, dev'esser domani il vostro gran giorno, il vostro giorno decisivo, e nel quale voi ed io avremo bisogno di tutte le nostre forze. Sono già tredici o quattordici ore che siamo insieme a lavorare con applicazione alla vostra redenzione; io non sono d'un temperamento robusto, e voi dovete temere, signora, se non mi date un po' di tempo, che domani mi manchi di forza di assistervi sino alla fine.

– Signore – rispose la marchesa – ciò che voi mi dite, mi chiude la bocca. Domani è per me un giorno ben più importante di oggi, ed io avevo torto; bisogna che voi vi riposiate stanotte. Terminiamo soltanto quest'articolo, e rileggiamo quello che abbiamo scritto prima.

Ciò fatto, il dottore volle ritirarsi; ma come fu portata la cena, la marchesa non gli permise di uscire senza aver preso prima qualche cosa; e mentre mangiava un boccone, disse al custode di andare a cercare una carrozza e di metterla sul suo conto. Quanto a lei, bevve un brodo e mangiò due uova. Poco dopo, il custode entrò, dicendo che la carrozza era pronta; la marchesa allora si accomiatò dal dottore, facendogli promettere di pregare per lei, e di essere il giorno dopo alle sei alla Conciergerie. Il dottore gli diede la sua parola.

# CAPITOLO X

Il giorno dopo, rientrando nella torre, il dottore trovò padre Chavigny, che l'aveva sostituito presso la marchesa, inginocchiato con lei e sul finire d'una preghiera. Il prete piangeva; ma la marchesa era sempre imperturbabile, e lo ricevette col medesimo buon viso con cui l'aveva lasciato. Appena padre Chavigny vide comparire il dottore, si ritirò. La marchesa si raccomandò alle sue preghiere, e volle fargli promettere di tornare; ma il padre non s'impegnò. Allora la marchesa, andando dal dottore gli disse:

– Signore, voi siete puntuale, ed io non ho da lagnarmi che manchiate alla parola data; ma, Dio mio, è già tanto tempo ch'io sospiro per voi, e le sei hanno tardato molto a sonare oggi!

– Eccomi, signora – rispose il dottore – ma, anzitutto, come avete passato la notte?

– Ho scritto tre lettere – ripigliò la marchesa – le quali, per corte che fossero, m'occuparono molto tempo: una per mia sorella, l'altra per la signora Marillac, la terza per il signor Cousté. Avrei voluto sottoporle al suo giudizio, signore, ma il padre Chavigny s'è offerto d'incaricarsene lui; e siccome le aveva trovate buone, non ho ardito partecipargli il mio scrupolo. Dopo aver scritto quelle lettere – continuò la marchesa – abbiamo un po' pregato Dio; poi, quando il padre aveva preso il suo breviario per dirle, ed io la mia corona con la stessa intenzione, mi sentii stanca, e gli chiesi se non potessi buttarmi sul letto; dopo la sua risposta affermativa, ho riposato due ore buone senza sogni e senza inquietudine; poi, al mio risveglio, facemmo insieme alcune preghiere, che finirono quando entraste voi.

– Orbene, signora – disse il dottore – se volete le riprenderemo: mettetevi in ginocchio, e recitiamo il *Veni Sancte Spiritus*.

La marchesa obbedì subito, e recitò la preghiera con molta compunzione e pietà; poi, finita la preghiera, mentre Pirot si accingeva a riprendere la penna per continuare a scrivere la sua confessione: – Signore – ella disse – permettete che prima io vi sottoponga una questione che mi tormenta. Ieri voi mi deste grandi speranze nella misericordia di Dio: però, non ho la presunzione di pensare ch'io possa essere salvata senza rimanere molto tempo nel purgatorio; il mio delitto è troppo atroce perch'io ne ottenga il perdono ad altro patto, e quand'anche avessi un amore per Dio assai più grande di quello che ho, non pretenderei di essere ricevuta in Cielo, senza passare pel fuoco, che purificherà le mie sozzure, né soffrire le pene dovute ai miei peccati. Ma, ho sentito dire, signore, che la fiamma di cotesto luogo, dove le anime non ardono che per un dato tempo, è simile in tutto e per tutto a quella dell'inferno, dove i dannati devono bruciare per tutta l'eternità; ditemi dunque, ve ne prego, come un'anima che si trova in purgatorio nel momento della sua separazione dal corpo possa assicurarsi di non essere all'inferno, e riconoscere che il fuoco che l'arde senza consumarla finirà un giorno, poiché il tormento ch'ella soffre è il medesimo di quello dei dannati e le fiamme che la divorano sono della stessa qualità di quelle dell'inferno. Vorrei saper questo, signore, per non restare nel dubbio in quel momento terribile, e sapere a prima vista se debbo sperare o disperare.

– Signora – rispose il Dottore – voi avete ragione. Dio è troppo giusto per aggiungere la pena del dubbio a quella che infligge. Nel momento in cui l'anima si separa dal corpo, si fa un giudizio fra Dio e lei; lei ode la sentenza che la condanna, o la parola che l'assolve; lei sa, se è in grazia od in peccato mortale; vede se Dio la precipiterà nell'inferno per sempre o se la relegherà per un dato tempo nel purgatorio. Voi l'udrete, signora, questa sentenza, nel momento stesso in cui il ferro del carnefice vi toccherà, a meno che, già tutta purificata in questa vita per il fuoco della carità, voi non andiate, senza passare pel purgatorio, a ricevere sull'istante la ricompensa del vostro martirio, fra i beati che circondano il trono del Signore.

– Signore – riprese la marchesa – ho tal fede nelle vostre parole, che sento in me già tutto ciò che voi diceste, e sono contenta.

Il dottore e la marchesa si rimisero alla loro confessione, interrotta il giorno prima. La marchesa si era ricordata, durante la notte, d'alcuni articoli che fece aggiungere agli altri; poi continuarono così, il dottore fermandosi di tanto in tanto, quando i peccati erano grossi, per farle dire un atto di contrizione.

In capo ad un'ora e mezza si venne ad avvisarla di scendere, e che il primo cancelliere l'aspettava per leggerle la sentenza. Ascoltò la notizia con molta calma, restando in ginocchio e volgendo solo la testa; poi, senza alcuna alterazione della voce: – Vengo subito, – disse – termino di dire una parola qui al signore, e poi sono tutta per voi. – Continuò infatti con grande tranquillità a dettare al dottore la fine della sua confessione. Quando credette di essere arrivata al termine, gli chiese di recitare con lei una piccola preghiera, perché Dio le accordasse davanti ai giudici da lei scandalizzati un pentimento simile alla sua passata sfrontatezza; poi, detta quella preghiera, prese la mantiglia, un libro di preghiere lasciatole da padre Chavigny, e seguì il custode che la condusse fino alla stanza dei tormenti dove doveva esserle letta la sentenza.

Si cominciò coll'interrogatorio, che durò cinque ore, nel quale la marchesa disse tutto quello che aveva promesso di dire, negando d'aver complici, ed affermando che non conosceva, né la composizione de' veleni che avea somministrato, né quella dall'antidoto col quale si potevano combattere. Finito l'interrogatorio, i giudici, vedendo che non avrebbero potuto cavarne altro, fecero segno al primo cancelliere di leggerle la sentenza, che ella ascoltò in piedi; era concepita in questi termini:

> Visto dalla Corte, dalla Grand'Chambre e dalla Tournelle riunite, etc., in conseguenza dell'appello invocato dalla suddetta d'Aubray de Brinvilliers; viste le conclusioni del Procuratore generale del Re, interrogata la detta d'Aubray sui casi risultanti dal processo, la Corte ha dichiarato e dichiara la detta d'Aubray, de Brinvilliers debitamente incolpata e convinta d'aver fatto avvelenare il signor Dreux d'Aubray, suo padre; e i suddetti signori d'Aubray, uno luogotenente civile, l'altro consigliere al Parlamento, due suoi fratelli, ed attentato alla vita di Thérèse d'Aubray sua sorella; ed in riparazione di ciò ha condannato e condanna la detta d'Aubray de Brinvilliers a fare ammenda onorevole davanti alla porta principale della cattedrale di Parigi, dove sarà condotta con una carretta, a piedi scalzi, la corda al collo, una torcia accesa in mano del peso di due libbre; e là, stando in ginocchio, a dire e dichiarare che malvagiamente, per vendetta e cupidigia dei loro beni, ha avvelenato suo padre, fatto avvelenare i suoi due fratelli ed attentato alla vita della sorella, peccati dei quali si pente, e ne domanda perdono a Dio, al Re e alla giustizia; e ciò fatto, sia condotta nella detta carretta in place de Grève di questa città, per avervi tagliata la testa sopra un patibolo, il quale a quest'uopo sorgerà sulla

detta piazza, il suo corpo bruciato e le ceneri sparse al vento. La summenzionata sarà preventivamente applicata alla tortura ordinaria e straordinaria per aver rivelazione dei suoi complici. La dichiara poi decaduta dalle eredità dei suddetti padre, fratelli e sorella, dal giorno dei delitti da lei commessi, e tutti i suoi beni acquisiti e confiscati a chi di diritto, sopra i quali, tra quelli non soggetti a confisca, verranno prelevate le somme: di quattromila livre d'ammenda verso il Re; quattrocento livre per far pregare Dio in requie delle anime dei suddetti defunti fratelli, padre e sorella, nella cappella della Conciergerie del palazzo; diecimila livre di riparazione alla signora Mangot, e tutte le spese, anche quelle fatte per il suddetto Amelin, detto La Chaussée.

Fatto in Parlamento oggi 16 Luglio 1676.

La Marchesa ascoltò la sentenza senza spavento, né debolezza; però quando fu finita disse al primo cancelliere:

– Signore, abbiate la bontà di ricominciare; la carretta, che io non mi aspettavo, m'ha talmente colpita, che ho perduto il filo di tutto il resto.

Il primo cancelliere rilesse la sentenza; poi, siccome da quel momento ella apparteneva al giustiziere, questi le s'appressò. La marchesa lo riconobbe; vedendogli una corda in mano, gli stese subito le proprie, squadrandolo freddamente da capo a piedi, senza dirgli una sola parola. Allora i giudici si ritirarono l'uno dopo l'altro, additando al giustiziere i diversi apparecchi della tortura. La marchesa fissò gli occhi con fermezza su quei cavalletti e quei terribili anelli che avevano slogate tante membra e fatto cacciar fuori tante grida, e, scorgendo i tre secchi d'acqua preparati per lei, si volse al cancelliere, non volendo parlare al carnefice, e dicendo con un sorriso: – È per annegarmi, certo, che voi avete portato tanta acqua, signore? non avrete, spero, la pretesa di farmela ingoiare tutta. – Il carnefice, senza rispondere, cominciò col toglierle la mantellina e successivamente gli altri abiti, finché fu totalmente nuda; poi, la condusse contro il muro, e la fece sedere sul cavalletto della tortura ordinaria, alto due piedi.

Quivi si chiese di nuovo alla marchesa il nome dei complici, quale fosse la composizione del veleno, e qual'era l'antidoto che poteva combatterlo; ma ella rispose come aveva già fatto davanti al dottor Pirot, solo aggiungendo:

– Se voi non credete alla mia parola, il mio corpo è fra le vostre mani, e voi potete torturarlo.

A tale risposta il cancelliere fece segno al giustiziere di fare il suo ufficio.

Questi, cominciò col legare i piedi della marchesa a due anelli posti davanti a lei, uno vicino all'altro fissati al pavimento; poi, rovesciatole il corpo all'indietro, le legò ambe le mani agli anelli del muro distanti l'uno dall'altro tre piedi circa.

In quel modo, il capo si trovava alla stessa altezza dei piedi, mentre il corpo, sostenuto dal cavalletto, descriveva una mezza curva come se fosse stato disteso sopra una ruota.

Per aggiungere ulteriore tensione alle membra, il carnefice diede due giri ad una manovella, forzando i piedi, lontani un piede circa dagli anelli, ad accostarsene di sei pollici.

Qui ancora, noi abbandoneremo il nostro racconto, per riprodurre il processo verbale.

Sul piccolo cavalletto, e durante lo stiramento, ha detto più volte:

– O mio Dio! mi uccidono, eppure io dissi la verità.

Le fu versata acqua in bocca;[56] si è molto contorta ed

---

[56] Questa introduzione dell'acqua nel petto avveniva in questo

agitata, ed ha pronunciate queste parole:

– Voi mi uccidete.

Ammonita allora di nominare i suoi complici, ha detto non averne altro che uno, il quale, dieci anni prima, le aveva chiesto del veleno per disfarsi della moglie; ma che costui era morto.

Le fu versata acqua in gola; si è alquanto scossa ed agitata, ma non ha voluto parlare.

Le si tornò a versar acqua in bocca; s'è un po' dimenata e scossa, ma non ha voluto parlare.

Ammonita a dire perché, se non aveva complici, ella avesse scritto dalla Conciergerie a Penautier, onde sollecitarlo a far per lei tutto quello che avrebbe potuto, e ricordargli che i suoi interessi in quell'affare erano comuni a suoi:

Ha dichiarato di non aver mai saputo se Penautier si fosse interessato a Sainte-Croix pei suoi veleni, e che dire il contrario sarebbe stato mentire alla propria coscienza; ma poiché era stato trovato nella cassetta di Sainte-Croix un biglietto che riguardava Penautier, e che lei lo aveva veduto spesso con Sainte-Croix, aveva creduto che l'amicizia esistente fra loro sarebbe potuta andare fino al commercio dei veleni; che nel dubbio si era arrischiata a scrivergli

---

modo: l'aguzzino aveva vicino a lui, per la tortura ordinaria, quattro secchi pieni d'acqua, contenenti ciascuno due pinte e mezza, e per la tortura straordinaria venti pinte d'acqua, che il sofferente era costretto a bere: il carnefice teneva un imbuto in mano; l'imbuto conteneva un secchio; introduceva l'imbuto nella bocca del sofferente e ogni due pinte e mezza, lo lasciava un istante per confessare; ma se continuava a negare, continuava la tortura fino a che tutti e otto i secchi fossero vuoti. Spesso capitava che il sofferente serrasse i denti per resistere alla tortura fino a che era in lui: allora l'aguzzino gli chiudeva il naso con le dita e il sofferente era costretto ad aprire la bocca per respirare, e poi approfittava di quel momento per infilargli l'imbuto.

come se fosse stata certa di ciò, non potendo quel passo far danno alla causa; poiché, o Penautier era complice di Sainte-Croix, o non lo era: se lo era, avrebbe creduto che la marchesa fosse in grado d'incolparlo, e avrebbe fatto allora il possibile per trarla dalle mani della giustizia; se non lo era, la sua lettera sarebbe stata una lettera persa, e nulla più.

Le fu versata di nuovo acqua in bocca; si è molto scossa e dimenata, ma ha detto che, sopra quell'argomento, ella non poteva dir altro se non quanto aveva già detto; poiché, se diceva di più, avrebbe aggravata la propria coscienza.

La tortura ordinaria era finita; la marchesa aveva già ingoiata la metà di quell'acqua che le pareva sufficiente per annegarla; il carnefice si fermò, onde procedere alla tortura straordinaria.

Per conseguenza, invece del cavalletto di due piedi e mezzo sul quale era coricata, le fece passare sotto le reni un cavalletto di tre piedi e mezzo, il quale diede maggior curvatura al corpo; e siccome quell'operazione si fece senza allungar di più la corda, le membra furono costrette a distendersi di nuovo, e le corde, restringendosi intorno ai polsi ed alle caviglie dei piedi, penetrarono nelle carni a tal segno che ne uscì del sangue; la tortura ricominciò subito, interrotta dalle domande del cancelliere e dalle risposte della sofferente. Quanto alle grida, pare non ci badassero nemmeno.

Sul grande cavalletto, e durante lo stiramento, ha detto più volte:

– O mio Dio! voi mi squartate! Signore, perdonatemi! Signore, abbiate pietà di me!

Ammonita se non avesse altro a dichiarare circa i suoi complici:

Ha dichiarato che potevano ucciderla, ma non avrebbe

detto una menzogna, ché le avrebbe dannato l'anima.

Quando le fu versata acqua in gola; si è alquanto dimenata, ed agitata, ma non ha voluto parlare.

Ammonita a rivelare la composizione dei suoi veleni e l'antidoto che loro conveniva: ha risposto che ignorava le sostanze onde erano formati; che tutto quanto si ricordava, era che c'entravano i rospi; che Sainte-Croix non le aveva mai rivelato quel segreto; e ch'ella pensava, del resto, che non li facesse da sé, ma che gli fossero preparati da Glazer; crede ricordarsi che taluni non erano altro che arsenico concentrato; che, quanto all'antidoto, ella non ne conosceva altri oltre il latte, e che Sainte-Croix le aveva detto che, purché se ne fosse preso la mattina, e se ne fosse bevuta una tazza, del contenuto d'un bicchiere, ai primi sintomi che si fossero avvertiti del veleno, non c'era nulla a temere.

Ammonita a dire se avesse qualche altra cosa da aggiungere: ha detto che aveva confessato tutto quanto sapeva, e che ormai si poteva anche ucciderla, ma non le si sarebbe cavato altro.

Perciò le fu versata acqua in bocca; si è un poco agitata, ed ha detto ch'era morta, ma non ha voluto parlare.

Le fu versata ancora acqua; s'è molto agitata e dimenata, ma non ha voluto parlare.

Le fu di nuovo fatta ingoiare acqua; non si è agitata, né dimenata, ma ha detto con un gran gemito:

– O mio Dio! mio Dio! son morta!

Ma non ha voluto altrimenti parlare.

Perciò, senza farle altre domande, fu slegata, tolta via e portata davanti al fuoco, nel modo consueto.

# CAPITOLO XI

Fu vicino a quel fuoco, davanti il camino del custode, coricata sul materasso della tortura, che la ritrovò il dottore, il quale, sentendosi mancar la forza d'assistere a un simile spettacolo, le aveva chiesto il permesso di lasciarla, per dire una messa in suo suffragio, affinché Dio le accordasse la pazienza ed il coraggio.

Si vede che il buon prete non aveva pregato indarno.

– Ah! signore, – gli disse la marchesa appena lo vide – è molto tempo ch'io desideravo rivedervi, per consolarmi con voi. Oh! che tortura lunga e dolorosa! ma è l'ultima volta che ho a che fare cogli uomini, ed io non ho più ora ad occuparmi che di Dio. Guardate le mie mani, signore, guardate i miei piedi; non sono essi laceri e rovinati, ed i miei carnefici non mi hanno flagellata, come Cristo?

– E perciò, signora, – rispose monsignore – questi patimenti, in questo momento, sono un gran bene; ogni tortura è un grado che vi accosta al Cielo. Sicché dunque, come voi dite, non bisogna vi occupiate che di Dio; bisogna ricondurre a lui tutti i vostri pensieri e le speranze vostre; bisogna chiedergli, col Re penitente, di concedervi un posto in Cielo fra i suoi eletti; e, siccome nulla d'impuro può penetrarvi, andiamo a lavorare, signora, onde togliere da voi tutte le macchie che potrebbero sbarrarvi la strada.

La marchesa si alzò subito, aiutata dal dottore, potendo appena reggersi in piedi, e s'avanzò, barcollando, fra lui ed il carnefice; ché quest'ultimo, che si era impadronito di lei subito dopo la sentenza, non doveva lasciarla più se non dopo averla giustiziata. Entrarono così tutt'e tre nella cappella, e, penetrando nel recinto del coro, il dottore e la marchesa si misero in ginocchio per adorare il Santissimo Sacramento. In quel momento, comparvero nella navata della cappella alcune persone attratte dalla curiosità, e siccome non si poteva scacciarle, e costoro distraevano la marchesa, il carnefice chiuse il cancello del coro e fece passare la sofferente dietro l'altare. Quindi sedette sopra una sedia, ed il dottore si mise in una panca dall'altra parte dirimpetto a lei.

Fu allora soltanto, che vedendola rischiarata dalla finestra della cappella, s'accorse del cambiamento operatosi in lei. Il suo volto, di consueto pallidissimo, era infiammato, gli occhi accesi e febbricitanti, e tutto il corpo tremava per sussulti improvvisi. Il dottore volle dirle alcune parole per consolarla, ma ella, senza ascoltarlo:

– Signore, – gli disse – sapete voi che la mia sentenza è ignominiosa ed infamante? Sapete che c'è del fuoco nella mia sentenza? – Il dottore non le rispose, ma pensando che avesse bisogno di qualche cosa, disse al boia di farle portare un po' di vino. Poco dopo comparve il carceriere con una tazza in mano. Il dottore la presentò alla marchesa, che vi intinse le labbra e gliela restituì tosto; poi, accorgendosi d'avere il collo scoperto, prese il suo fazzoletto per coprirselo, e chiese al carceriere una spilla per legarselo; poiché tardava a dargliene una, cercandosela addosso, credette che egli avesse paura che lo volesse per strangolarsi, e scuotendo la testa con un sorriso triste:

– Ah! adesso – gli disse, – non avete niente da temere, monsignore sarà il mio garante presso di voi che non voglio farmi alcun male.

– Signora, – le disse il carceriere consegnandole quello che chiedeva, – vi chiedo scusa di avervi fatto attendere. Non volevo metterla alla prova, glielo giuro, e se questo è successo a qualcuno, quello non sono io.

Allora, si mise in ginocchio davanti a lei chiedendole il permesso di baciarle la mano. Ella gliela porse subito, dicendogli di pregare Dio per lei.

– Oh! sì – esclamò singhiozzando – e di tutto cuore.

Allora ella si appuntò la spilla come poté con le mani legate, e appena il carceriere si ritirò, e rimase da sola col dottore:

– Non m'avete inteso, signore? – gli disse per la seconda volta. – Vi ho detto che c'è del fuoco nella mia sentenza. Fuoco!... capite? E benché vi sia detto che il mio corpo non vi sarà gettato se non dopo la mia morte, è sempre una grande infamia per la mia memoria. Mi risparmiano il dolore d'essere arsa viva, risparmiandomi così forse una morte disperata; ma la vergogna c'è pur sempre, ed io penso solo a questa.

– Signora, – le disse il dottore – è indifferentissimo per la vostra redenzione che il vostro corpo sia gettato nel fuoco ond'esser ridotto in cenere, o messo in terra per venire divorato dai vermi; che sia trascinato sul graticcio e gettato nel mondezzaio, o imbalsamato co' profumi d'Oriente e deposto in un mausoleo pomposo. In qualunque modo finisca, risusciterà nel giorno segnato, e se è designato per il cielo, uscirà più glorioso dalle sue ceneri che un certo cadavere reale che dorme in questo momento in una bara dorata. Le esequie sono per chi vive, signora, e non per chi muore.

A quel punto si udì uno strepito dalla porta del coro; il dottore andò a vedere che cosa fosse. Un uomo insisteva per entrare, e lottava quasi col carnefice. Il dottore si accostò e chiese di che cosa si trattava. Era un sellaio dal quale la Brinvilliers aveva comperato, prima della sua partenza dalla Francia, una carrozza, che gli aveva pagato solo in parte, dovendogli ancora a saldo duecento livre. Egli recava l'obbligazione da lei firmata, e sul quale stavano scritti fedelmente i diversi acconti ricevuti. Allora la marchesa, non sapendo cosa accadesse, chiamò. Il dottore ed il boia accorsero. – Vengono forse già a prendermi? – chiese – io sono poco preparata in questo momento; ma, non importa, sono pronta.

Il dottore la rassicurò, e le disse di cosa si trattava.

– Quest'uomo ha ragione – rispose. – Ditegli – continuò, rivolgendosi al carnefice, che ci penserò come meglio potrò.

Poi, vedendo allontanarsi il boia:

– Signore, – disse al dottore – bisogna già andare? Mi farebbero il gran piacere di concedermi ancora un po' di tempo; poiché se sono pronta, come lo dicevo dianzi, non sono preparata. Signore, perdonatemi – soggiunse – ma la tortura e quella sentenza mi hanno tutta conturbata; quel fuoco che v'è dentro, brilla sempre a' miei occhi come quello dell'inferno. Se mi avessero lasciata con voi tutto quel tempo, sarebbe stato meglio per la mia redenzione.

– Signora, – rispose il dottore – per grazia di Dio avrete probabilmente tempo fino a notte, per pensare a quanto vi resta da fare.

– Oh! signore – disse con un sorriso – non credetelo, essi non avranno tanto riguardo per una misera, condannata al fuoco; ciò non dipende da noi. Quando tutto sarà pronto, verranno ad avvertirci che è tempo, e bisognerà camminare.

– Signora, – replicò il dottore – posso assicurarvi che vi si accorderà il tempo necessario.

– No, no – ella disse con accento interrotto e febbrile – no, non voglio far aspettare. Quando la carretta sarà alla porta, appena me lo diranno, scenderò.

– Signora, – riprese il dottore – io pure non ritarderei,

se vi vedessi pronta a comparire davanti a Dio, ché, nella vostra situazione, è un atto di pietà il non chieder tempo a partire all'ora fissata. Ma tutti non sono sì ben preparati per poter fare come il Cristo, il quale, interrotta la sua preghiera, uscì dall'orto e mosse incontro a' suoi nemici. Ma voi, in questo momento, siete debole, e se venissero a prendervi, io m'opporrei alla vostra partenza.

– Siate tranquilla, signora, il momento non è peranco venuto – disse il carnefice sporgendo il capo presso l'altare; ascoltando la conversazione, giudicava la sua testimonianza incontestabile, e voleva rassicurare la marchesa: – Non c'è fretta, e potremmo *non andare* che tra due o tre ore.

Quell'assicurazione rese un po' di calma alla signora de Brinvilliers, che ringraziò il carnefice. Poi, voltatasi verso il dottore:

– Signore, – disse – ecco qui una corona ch'io non vorrei cadesse fra le mani di quell'uomo. Non è perché egli non possa farne buon uso, perché, malgrado il mestiere che esercita, io credo, non è vero, che costui sia cristiano come noi? Ma alla fine preferirei lasciarla a qualcun altro.

– Signora, – rispose il Dottore – decidete a chi desiderate ch'io la dia, ed io la porterò a chi m'avrete detto.

– Ahimè! signore, io non ho nessuno cui possa darla, se non a mia sorella; ma ho paura che, ricordandosi del mio delitto verso di lei, ella non abbia che orrore a toccare quello che mi sia appartenuto. Ma sarebbe di grande consolazione l'idea ch'ella accettandola, la portasse, dopo la mia morte, e che la sua vista le ricordasse di pregare per me. Mio Dio! Dio mio! io sono ben rea, e vi degnerete voi mai di perdonarmi?

– Signora, credo che voi v'ingannate riguardo alla signorina d'Aubray: avete potuto vedere dalla lettera che vi ha scritto, i sentimenti che ha serbato per voi; pregate dunque su quella corona fino all'ultima ora vostra. Pregate senza tregua né distrazione, come si conviene ad una rea che si pente, e vi assicuro, signora, che gliela consegnerò io stesso, e che le riuscirà gradita.

La marchesa, che dopo l'interrogatorio era stata costantemente distratta, si rimise, grazie alla paziente carità del dottore, a pregare col fervore di prima.

Pregò così fino alle sette. Mentre suonavano, il carnefice venne, senza dir nulla, a porsi in piedi davanti a lei; ella comprese esser venuto il momento, e pigliando il braccio del dottore:

– Un po' di tempo ancora – gli disse – ancora alcuni istanti, ve ne prego.

– Signora, – rispose il dottore, alzandosi – andiamo ad adorare il sangue divino del Sacramento, e pregarlo di togliervi quanto vi resta di macchia e di peccato, e voi così otterrete il respiro che desiderate.

Allora il carnefice le strinse intorno alle mani le corde che prima aveva lasciate molli e quasi penzolanti, ed ella andò con passo fermo a porsi in ginocchio dinanzi all'altare, fra il cappellano della Conciergerie ed il dottore. Il cappellano era in cotta ed intonò a voce alta il *Veni Creator*, il *Salve Regina* ed il *Tantum ergo*. Finite queste preghiere, le diede la benedizione del Santo Sacramento, che ella ricevette colla faccia prostrata a terra. Poi, preceduta dal boia, uscì dalla cappella, appoggiata a sinistra al dottore ed a destra al valletto del boia. Fu in quell'uscita ch'ella provò la sua prima confusione. Dieci o dodici persone l'aspettavano, e siccome si trovò d'improvviso di fronte ad esse, fece un passo indietro, e colle mani legate com'erano calò il davanti della cuffia e se ne coprì il volto a metà. Presto passò sotto uno sportello che si chiuse dietro di lei, in tal modo si ritrovò da sola tra due banchi con i dottore e il valletto del boia; a quel punto, pel violento movimento fatto per nascondersi il viso, la sua coroncina si sfilò, ed alcuni grani caddero per terra. Ella tuttavia continuò ad avanzare senza badarvi, ma il dottore la richiamò; poi, abbassandosi, si mise a raccogliere i grani col valletto del boia, il quale, raccogliendoli tutti nella sua mano, li mise in quella della marchesa. Allora, lo ringraziò umilmente di quell'attenzione: – Signore – gli disse – so che non possiedo più nulla a questo mondo e che tutto quanto ho indosso appartiene a voi, che io non posso donar nulla se non col vostro beneplacito; ma vi prego di permettermi che, prima di morire, io dia questa corona al signore; voi ci perderete poco, poiché non è di gran valore, ed io non gliela rimetto se non per farla passare nelle mani di mia sorella. Acconsentite dunque, signore, ch'io ne faccia quest'uso, ve ne supplico.

– Signora, – rispose il valletto – benché sia d'uso che gli abiti de' condannati ci appartengano, voi siete padrona di tutto quello che avete, e quand'anche la cosa fosse del maggior valore, potete disporne a vostro piacimento.

Il Dottore, che le dava il braccio, la sentì tremare a quella galanteria del valletto del boia, che, dell'umore altero ond'era la marchesa, doveva essere per lei la cosa più umiliante che si possa immaginare. Ma, tuttavia quel moto, se lo provò, fu interiore, e dal suo volto non traspari nulla. In quell'istante, si trovò nel vestibolo della Conciergerie, dove fu fatta sedere, per prepararla per l'ammenda onorevole. Siccome ogni passo che faceva, la avvicinava al patibolo, ogni avvenimento la inquietava ulteriormente. Si volse dunque con angoscia, e vide il carnefice con una camicia in mano. In quel momento la porta del vestibolo si aprì, ed entrarono una cinquantina di persone, fra le quali la contessa di Soissons,[57] madame du Refuge, la signorina

---

57 Olimpia Mancini (1637-1708), aristocratica di origini italia-

Scudéry,[58] il signor Roquelaure e l'abate de Chimay. A tal vista, la marchesa diventò rossa dalla vergogna, e, chinandosi verso il dottore:

– Signore, – disse, – costui mi spoglierà una seconda volta, come ha già fatto nella camera della tortura? Tutti questi preparativi sono assai crudeli, e mio malgrado mi distolgono da Dio.

Il carnefice, per piano ch'ella avesse parlato, ne udì le parole, e la rassicurò, dicendole che non le avrebbe tolto nulla e che le avrebbe fatto indossare la camicia al disopra delle altre vesti. Allora le s'avvicinò e le si mise da una parte, ed il valletto dall'altra, e la marchesa, che non poteva parlare col dottore, gli espresse cogli sguardi, come provasse profondamente tutta l'ignominia della sua situazione; poi, quando le ebbe fatto indossare la camicia, operazione per la quale fu d'uopo slegarle le mani, il boia le rialzò la cuffia che, come abbiamo detto, lei aveva abbassato, fermandola con un nodo sotto al collo, le strinse di nuovo le mani con una corda, quindi chinatosi davanti a lei le tolse le *mules* e le sfilò le calze.

Allora ella stese le sue braccia legate verso il dottore.

– Oh! signore – gli disse – in nome di Dio, vedete cosa mi fanno, degnatevi dunque accostarvi a me per consolarmi.

Il dottore le si appressò subito, sorreggendole il capo rovesciato sul suo petto, e volle confortarla; ma ella, con tono di straziante lamento:

– Oh! signore – disse, fissando lo sguardo su tutta quel-

---

ne, nipote del cardinale Mazzarino, coinvolta nell'"Affare dei veleni", accusata nel 1679 di aver complottato con l'avvelenatrice francese «la Voisin» per avvelenare la favorita di Luigi XIV Louise de La Vallière, e di aver avvelenato il marito e la regina Maria Luisa di Spagna nel 1689. (*N. d. T.*)

[58] Scrittrice francese (1607-1701), governante delle nipoti del cardinale Mazzarino, amica di Madame de Sévigné. (*N. d. T.*)

la gente che la divorava cogli occhi – non è questa una strana e barbara curiosità?

– Signora, – rispose il dottore colle lacrime agli occhi – non pensate alla premura di queste persone come a una barbarie o una curiosità, benché sia forse il loro vero lato, ma guardatela come un'onta che Dio vi manda in espiazione dei vostri delitti. Dio, ch'era innocente, fu sottoposto a ben altri obbrobri, e tuttavia li subì con gioia; perché, come dice Tertulliano, fu una vittima che si nutrì solo della voluttà delle sofferenze.

Mentre il dottore finiva queste parole, il carnefice mise in mano alla marchesa la torcia accesa, affinché la portasse così fino a Notre-Dame, ove doveva fare la sua ammenda onorevole; e, siccome era molto grossa e pesava due libbre, il dottore la sostenne colla mano destra, mentre per la seconda volta il cancelliere leggeva la sentenza, e il dottore fece il possibile per impedire che la marchesa la udisse, parlandole incessantemente di Dio. Tuttavia, ella impallidì orribilmente quando il cancelliere le rilesse queste parole: «E ciò fatto, sarà condotta in una carretta, a piè scalzi, la corda al collo ed una torcia accesa del peso di due libbre in mano,» che il dottore non poté aver dubbio, per quanto si fosse adoperato, che non le avesse intese. Fu assai peggio ancora, quand'ella giunse sulla soglia del vestibolo, e vide la gran calca di gente che l'aspettava nel cortile. Allora si fermò col viso tutto sconvolto, e appoggiandosi sopra se stessa, quasi avesse voluto affondare i piedi in terra: – Signore, – disse al dottore, con aria a un tempo truce e lamentevole – signore, pensate possibile che, dopo quello che sta succedendo, il signor di Brinvilliers abbia ancora tanto poco cuore da restare in questo mondo?

– Signora, – rispose il dottore – quando Nostro Signore fu pronto a lasciare i suoi apostoli, non pregò Dio di toglierli dalla terra, ma d'impedire che non cadessero nel vizio. «Padre,» disse, «io non chiedo che voi li leviate dal mondo, ma che li preserviate dal male». Se dunque voi domandate qualche cosa a Dio pel signor di Brinvilliers, che sia solo che lo mantenga nella sua grazia, se c'è, e di porvelo, se non vi fosse. – Ma furono parole perdute; la vergogna era troppo grande e troppo pubblica; il suo volto si raggrinzò, le sopracciglia si aggrottarono, gli occhi gettarono fiamme, la bocca si contorse, tutto il suo fare diventò terribile, e il demonio riapparve per un istante sotto l'involucro che lo ricopriva. Fu durante quel parossismo, che continuò quasi un quarto d'ora, che Lebrun, il quale si trovava presso di lei, s'impressionò del suo volto, e ne serbò tal memoria, che la notte seguente, non potendo dormire, ed avendo sempre quella figura dinanzi agli occhi, ne fece il bel disegno che è al Louvre, e dirimpetto a quel disegno una testa di tigre, per mostrare che i lineamenti principali erano i medesimi, e che l'una somigliava all'altra.

Quel ritardo nella marcia era stato cagionato dalla gran folla che ingombrava il cortile, e non fece largo se non davanti agli arcieri a cavallo. La marchesa poté allora uscire, e perché la vista di lei non si smarrisse oltre su tutta quella moltitudine, il dottore le pose il crocifisso in mano, ordinandole di non perderlo cogli sguardi. E così fece fino alla porta della via, dove l'aspettava la carretta. Quivi le convenne pure alzar gli occhi sull'oggetto infame che si trovava dinanzi a lei.

Era una delle più piccole carrette che potessero vedersi, portante ancora segni del fango e de' sassi trasportati, senza sedile, e con un po' di paglia gettata nel fondo; era tirata da una rozza, che meravigliosamente completava l'ignominia di quell'equipaggio.

Charles Le Brun, *Ritratto della marchesa di Brinvilliers* (1676), Parigi, Museo del Louvre.

# CAPITOLO XII

Il boia la fece salire per prima, ed ella eseguì con molta forza e rapidità, quasi per fuggire gli sguardi che la circondavano, e s'accovacciò, come avrebbe fatto una belva, nell'angolo sinistro, sulla paglia e all'indietro. Il dottore salì poscia e sedette presso di lei, nell'angolo destro; poi il carnefice a sua volta, chiudendo l'asse di dietro, e sedendo presso di lei, allungando le sue gambe fra quelle del dottore. Quanto al valletto, che aveva l'incarico di guidare la rozza, si sedette sulla traversa del davanti, schiena a schiena colla marchesa e col dottore, coi piedi aperti e appoggiati sulle due stanghe. Fu così, e si capisce perché la signora di Sévigné, che si trovava sul ponte di Notre-Dame *con la buona Descars*, non poté vedere che una cuffietta,[59] che la marchesa si mise in marcia per Notre-Dame.

Appena il corteo ebbe fatto qualche passo, il volto della marchesa, che aveva ripreso un po' di tranquillità, si sconvolse di nuovo: i suoi occhi rimasti fissi costantemente sul Crocifisso, lanciarono fuor della carretta uno sguardo di fiamma, poi presero tosto un carattere di turbamento e smarrimento che spaventò il dottore, il quale, riconoscendo che qualche cosa le faceva impressione, e volendo mantenere l'animo di lei nella calma, le chiese che cosa avesse veduto.

– Nulla, signore, nulla – rispose vivamente, riportando gli sguardi sul dottore – non è nulla.

– Ma, signora – soggiunse – voi non potete però smentire nei vostri occhi un fuoco sì estraneo a quello della

---

[59] Lettera 558, 17 luglio 1676. In appendice. (*N. d. T.*)

carità, che non può esservi venuto se non per la vista di qualche cosa di spiacevole. Che cosa può esser mai? ditemelo, ve ne prego, ché voi mi prometteste d'avvertirmi di qualunque tentazione vi potesse venire.

– Signore – rispose la marchesa – lo farò, ma non è nulla. – Poi, d'improvviso, gettando gli occhi sul carnefice, che, come abbiamo detto, sedeva rimpetto al dottore: – Signore – gli disse vivamente – mettetevi davanti a me, vi prego, e nascondetemi quell'uomo. – Ed ella stese le mani legate verso un uomo a cavallo, che seguiva la carretta, respingendo con quel gesto la torcia, che il dottore ritenne, e il crocifisso cadde a terra. Il carnefice guardò dietro di sé, poi si volse di fianco, com'ella aveva pregato, facendole segno col capo, e mormorando: – Sì, sì, capisco bene che cos'è. – E poiché il dottore insisteva:

– Signore – disse – non è nulla che meriti di esservi riferito, ed è una mia debolezza il non poter al presente sostenere la vista di persona che m'ha maltrattata. Quell'uomo, che voi vedete dietro la carretta è Desgrais, colui che mi ha arrestata a Liegi e che mi ha maltrattata lungo tutta la strada, ed io non ho potuto, rivedendolo, padroneggiare il movimento del quale vi accorgeste.

– Signora – rispose il dottore – ho sentito parlare di lui, e voi stessa me ne discorreste nella vostra confessione; ma era un uomo mandato per impadronirsi di voi e risponderne, incaricato di ordini superiori, ed aveva ragione a custodirvi e vigilarvi con rigore, e quand'anche vi avesse tenuta ancor più severamente, non avrebbe adempiuto che al suo dovere. Gesù Cristo, signora, non poteva guardare i suoi carnefici se non come ministri d'iniquità, che servivano l'ingiustizia, e vi aggiungevano di motuproprio tutte le crudeltà che venivano loro in mente; eppure, lungo tutta la strada, egli li vide con pazienza e piacere, e morendo pregò per loro.

Successe allora che nell'animo della marchesa si aprì un aspro conflitto, che le si rifletté sul volto, ma non fu che per un momento, e dopo un'ultima smorfia, riprese la sua apparenza calma e serena; poi disse:

– Signore, avete ragione, ed io mi faccio molto torto con una simile delicatezza: ne domando perdono a Dio, e vi prego di ricordarvene sul patibolo, quando mi darete l'assoluzione, come mi prometteste, così che possa avere effetto su questa come sulle altre cose; – poi, volgendosi al carnefice: – Signore – continuò – rimettetevi come eravate prima, così ch'io veda Desgrais. – Il carnefice esitò ad obbedire, ma, ad un cenno che gli fece il dottore, si rimise nella posizione di prima; la marchesa guardò qualche tempo Desgrais con aria dolce, mormorando una preghiera in suo favore; indi, riportando gli occhi sul crocifisso, si rimise a pregare per se stessa: questo successe davanti alla chiesa di Sainte-Geneviève-des-Ardents.[60]

Tuttavia, per quanto piano camminasse la carretta, continuava ad avanzare, e finì col trovarsi sulla piazza di Notre-Dame. Allora gli arcieri fecero sgombrare il popolo che la riempiva, e la carretta, si spinse fino ai gradini, dove si fermò. Quivi il carnefice discese, levò l'asse di dietro, prese la marchesa nelle braccia e la depose sul pavé: il dottore scese dietro di lei, co' piedi tutti indolenziti per la scomoda posizione nella quale si era trovato fin dalla Conciergerie, salì i gradini della chiesa e andò a porsi dietro alla marchesa, la quale stava in piedi sul sagrato, col cancelliere a destra e il carnefice a sinistra e dietro di sé una gran folla di persone,

---

60 Antica chiesa medievale parigina ricostruita nel XV sec. grazie alle donazioni del libraio parigino Nicolas Flamel, poi distrutta nel 1747 per fare spazio alla piazza davanti a Notre-Dame e a l'Hôtel-Dieu. (*N. d. T.*)

ch'erano nella chiesa, di cui vennero aperte tutte le porte. Fattala inginocchiare, le fu data la torcia accesa, che fino a quel momento era quasi sempre stata portata dal dottore. Poi, il cancelliere le lesse l'ammenda onorevole, e la marchesa cominciò a ripeterla dopo di lui, ma tanto piano, che il carnefice le disse ad alta voce: – Dite come *monsieur*, e ripetete tutto dopo di lui. Più forte! più forte! – E allora ella alzò la voce, e con fermezza pari alla devozione, ripeté la seguente riparazione:

– Riconosco, che malvagiamente e per vendetta, ho avvelenato mio padre e i miei fratelli, e tentato l'avvelenamento di mia sorella, per avere i loro beni, di cui chiedo perdono a Dio, al re e alla giustizia.

Finita l'ammenda, il carnefice la ripigliò fra le braccia e la riportò nella carretta senza darle più la torcia; il dottore salì dopo di lei; ciascuno riprese il posto che occupava prima, e la carretta s'incamminò verso place de Grève. Da quel momento finché giunse al patibolo non staccò più gli occhi dal crocifisso, che il dottore teneva nella mano sinistra, e glielo presentava continuamente, esortandola sempre con parole pietose, cercando di distrarla dai terribili mormorii che si levavano intorno alla carretta, e tra i quali era facile distinguere delle maledizioni.

Giunta in place de Grève, la carretta sostò poco distante dal patibolo; allora il cancelliere, un certo signor Drouet, venne avanti a cavallo e rivolgendosi alla marchesa: – Signora, – le disse – non avete più altro da aggiungere a quanto diceste? Perché se avete qualche dichiarazione da fare, i dodici commissari son là, nel Palazzo municipale, e tutti pronti a riceverla.

– Avete sentito, signora – ripigliò allora il dottore – eccoci al termine del viaggio, e grazie a Dio! la forza non vi ha abbandonata lungo la via: non distruggete l'effetto di tutto quanto avete già sofferto e di tutto quanto avete ancora da soffrire, nascondendo quello che sapete, se per caso ne sapeste più di quanto avete detto.

– Ho detto tutto quello che sapevo – rispose la marchesa – e non posso dir altro.

– Ripetetelo dunque ad alta voce – replicò il dottore – affinché tutti lo sentano.

Allora la marchesa, colla voce più forte che le era dato avere, ripeté:

– Ho detto tutto quello che sapevo, signore, e non ho altro da dire.

Fatta questa dichiarazione, si volle far avvicinare di più la carretta al patibolo; ma la calca era tale, che il valletto del boia non poteva farsi largo, malgrado le scudisciate che distribuiva intorno a sé. Convenne dunque fermarsi ad alcuni passi. Il carnefice era sceso e aggiustava la scala.

In quell'istante d'orribile attesa, la marchesa guardava il dottore con aria calma e riconoscente, e sentendo che la carretta si fermava, gli disse: – Signore, non è qui che dobbiamo separarci, e voi mi prometteste di non lasciarmi, se prima non abbia tronco il capo: spero che mi manterrete la parola.

– Sì, certo – rispose il dottore – la manterrò, signora, e solo l'istante della vostra morte sarà quello della nostra separazione: non vi mettete dunque in affanno per questo, ché io non vi abbandonerò.

– Aspettavo da voi questa grazia – riprese la marchesa – e vi eravate impegnato troppo solennemente, perché aveste, lo so, l'idea di deludermi. Sarete così sul patibolo con me, ed ora, signore, siccome fa d'uopo ch'io prevenga l'ultimo addio, perché la quantità di cose ch'io avrò da fare sul patibolo potrebbe distrarmene, permettete che, da questo momento, io vi ringrazi. Se mi sento ben disposta a subire la sentenza dei giudici della terra e ad ascoltare quella del giudice del Cielo, lo devo tutto alle vostre solerti cure, lo riconosco ampiamente: non mi resta dunque che chiedervi scusa della pena che v'ho data, e ve ne domando perdono. – E siccome le lacrime impedivano al dottore di rispondere, ella aggiunse: – Non è vero, che mi scusate? – A queste parole, il dottore volle rassicurarla; ma sentendo che, se apriva la bocca, sarebbe scoppiato in singhiozzi, continuò a stare in silenzio. La marchesa riprese allora per la terza volta: – Vi supplico, signore, di perdonarmi, e di non rimpiangere il tempo che avete passato con me; voi direte un *De profundis* nel momento della mia morte, e domani una messa per me; me lo promettete, non è vero?

– Sissignora – disse il dottore con voce interrotta – sì, sì, state tranquilla, farò quanto mi ordinate.

In quel momento, il carnefice levò l'asse e trasse la marchesa dalla carretta, e poiché avendo fatto qualche passo con lei verso il patibolo, tutti gli occhi si erano rivolti dalla loro parte, il dottore poté piangere un istante coperto dal suo fazzoletto; ma, mentre si asciugava gli occhi, il valletto del boia gli tese la mano per aiutarlo a scendere. Nel frattempo, la marchesa saliva la scala, condotta dal carnefice; giunta sulla piattaforma, questi la fece inginocchiare davanti ad un ceppo; allora il dottore, che aveva salito la scala con passo men fermo di lei, venne ad inginocchiarsi di fianco a lei, ma volto in un altro senso per poterle parlare all'orecchio, in questo modo la marchesa guardava il fiume e il dottore guardava il Municipio. Il carnefice tolse allora la cuffia alla sofferente, e le tagliò i capelli di dietro e sulle tempie, facendole voltare e rivoltare il capo, talvolta anche aspramente; e quantunque quella orribile toeletta durò quasi mezz'ora, ella non emise un lamento, né esternò altri segni di dolore se non lasciandosi sfuggire grosse lacrime in silenzio. Tagliati i capelli, le lacerò, per scoprirle le spalle, l'alto della camicia che le era stata messa al disopra degli abiti nell'uscire dalla Conciergerie. Alla fine le bendò gli occhi, e sollevandole il mento colla mano, le ordinò di tenere il capo ritto: ella obbedì a tutto, senza alcuna resistenza, ascoltando sempre quello che le diceva il dottore, e ripetendone di tanto in tanto le parole. Intanto il carnefice, dal retro del patibolo, contro il quale sorgeva il rogo, gettava ogni tanto gli occhi sul suo mantello, dalle cui pieghe si vedeva uscire l'elsa d'una lunga sciabola diritta, che aveva avuto la precauzione di nascondere così, perché la signora de Brinvilliers non la vedesse salendo sul palco; e poiché, dopo aver data l'assoluzione alla marchesa, il dottore, volgendo il capo, vide che il carnefice non era ancora armato, le disse queste parole in forma di preghiera, che ella ripeté parola per parola:

– Gesù, figlio di Davide e di Maria, abbiate pietà di me; Maria, figlia di Davide e madre di Gesù, pregate per me; mio Dio, io abbandono il mio corpo, che non è che polvere, e lo lascio agli uomini per bruciarlo, ridurlo in cenere e disporne come loro piacerà, colla ferma fede che voi lo farete un giorno risuscitare, e lo riunirete all'anima mia. Io non sono in pena che per lei; gradite, mio Dio, ch'io la rimetta a voi, fatela entrare nel vostro riposo, e ricevetela nel vostro grembo perché risalga alla sorgente ond'è discesa; ella parte da voi, ritorni a voi; è uscita da voi, rientri in voi. Voi ne siete l'origine ed il principio; siatene, o mio Dio, il centro e la fine.

La marchesa finiva questa parola, quando il dottore udì un rumore sordo, come d'un colpo di mannaia, che si desse per tagliar carne sovra un ceppo: nello stesso istante cessò la parola.

La lama era calata sì rapida, che il dottore non ne avea

nemmen visto passare il bagliore: egli stesso si fermò coi capelli irti e col sudore sulla fronte; e non vedendo cadere il capo, credette che il boia avesse sbagliato il colpo, e fosse costretto a ricominciare; ma quel timore fu breve, poiché quasi nello stesso istante la testa si piegò dal lato destro, scivolò giù sulla spalla, poi rotolò indietro, mentre il corpo cadeva innanzi al ceppo, sollevato in guisa che gli spettatori vedessero il collo troncato e sanguinolento: nello stesso istante e come le aveva promesso, il dottore recitò un *De profundis*.

Quando il dottore ebbe finita la sua preghiera, alzò il capo, vide davanti a sé il carnefice che si asciugava il volto.

– Or bene! signore – disse questi al dottore, non è stato un bel colpo? Mi raccomando sempre a Dio in queste occasioni, ed egli mi ha sempre assistito. Son parecchi giorni che questa signora m'inquietava; ma ho fatto dire sei messe, e mi son sentito il cuore e la mano rassicurati. – Ciò detto, cercò sotto al mantello una bottiglia che aveva portata sul palco, ne bevve una sorsata; poi, pigliando sotto un braccio il corpo vestito com'era, e coll'altra mano la testa, i cui occhi erano rimasti bendati, gettò l'uno e l'altro sul rogo, al quale il suo valletto appiccò subito il fuoco. Il giorno dopo – dice la signora Sévigné – si cercavano le ossa della marchesa de Brinvilliers, perché il popolo diceva che era una santa.[61]

Nel 1814, il signore di Offemont, padre del proprietario attuale[62] del castello della marchesa di Brinvilliers avvelena il signor d'Aubray, temendo l'arrivo delle truppe alleate; pratica in una delle torrette diversi nascondigli

---

61 Lettera 559, 22 luglio 1676. In appendice. (*N. d. T.*)
62 Per attuale s'intende il 1856. (*N. d. T.*)

dove rinchiude l'argenteria e gli altri oggetti preziosi che si trovano in questa campagna isolata nel mezzo del bosco di Laigue. Le truppe straniere passano e ripassano a Offemont, e dopo tre mesi d'occupazione, si ritirano al di là della frontiera.

Trovano opportuno allora tirare fuori dai loro nascondigli i diversi oggetti che vi erano stati rinchiusi, e sondando i muri per paura di dimenticare qualche cosa, una delle pareti fece un suono sordo, cosa che indicava una cavità fino a quel momento sconosciuta. La muraglia fu attaccata a colpi di leve e picconi, e molte pietre caddero smascherando un grande gabinetto ad uso di laboratorio nel quale si ritrovarono dei fornelli, degli strumenti di chimica, diverse fiale chiuse ermeticamente contenenti ancora un'acqua sconosciuta, e infine quattro pacchetti di polvere di colori differenti. Sfortunatamente quelli che fecero questa scoperta vi attribuirono troppa, o troppa poca importanza e invece di sottoporre questi diversi ingredienti all'investigazione della scienza moderna, fecero sparire con molta cura pacchetti e bottiglie, spaventati essi stessi dalle sostanze mortifere che probabilmente contenevano.

Così si perse questa strana, e probabilmente ultima, occasione di conoscere e analizzare le sostanze di cui erano composti i veleni di Sainte-Croix e della marchesa di Brinvilliers.

# APPENDICE

## DALLA CORRISPONDENZA DI MADAME DE SÉVIGNÉ

### 558. – DA MADAME DE SÉVIGNÉ A MADAME DE GRIGNAN.

Parigi, venerdì 17 luglio.

FINALMENTE è fatta, la Brinvilliers è nell'aria:[63] il suo povero piccolo corpo è stato gettato, dopo l'esecuzione, in un grandissimo rogo, e le ceneri al vento; così la respireremo, e attraverso la comunicazione dei piccoli spiriti, ci prenderà un umore velenoso, di cui ci stupiremo.[64] È stata

---

[63] LETTERA 558 (rivista su una vecchia copia). Fu dichiarata colpevole e convinta, con sentenza del 16 luglio 1676, di aver fatto avvelenare il signor Dreux d'Aubray suo padre, Antoine d'Aubray, luogotenente civile, ed N. d'Aubray, consigliere al Parlamento, i suoi due fratelli, e di aver attentato alla vita di Thérèse d'Aubray, sua sorella. Fu condannata a fare ammenda davanti alla porta principale della chiesa di Parigi, a piedi nudi, con la corda al collo, e poi ad avere tagliata la testa in place de Grève (il venerdì 17), il suo corpo bruciato e le sue ceneri gettate al vento. (*N. dell'ed. del 1818.*) – Il venerdì 17, alle sette di sera uscì dalla Conciergerie, senza vestiti e con una camicia soltanto sulla sua maglia, e fu condotta davanti a Notre-Dame, dove fece ammenda onorevole, e da lì in place de Grève, accompagnata dal signor Pirrot, dottore in teologia, che la aiutò a salire sul patibolo. (*Gazzetta di Amsterdam* del 28 luglio 1676).

[64] Nel manoscritto e nell'edizione di La Haye c'è la versione *di cui saremo tutti stupiti*.

giudicata già ieri; questa mattina le era stata letta la sentenza, che era di fare ammenda onorevole a Notre-Dame, e di aver tagliata la testa; il suo corpo bruciato, le ceneri sparse al vento. È stata messa sotto tortura: ha detto che non ve n'era bisogno e che avrebbe detto tutto; infatti, fino alle cinque di sera ha raccontato la sua vita, ancora più spaventosa di quanto si pensasse. Ha avvelenato dieci volte di seguito suo padre (non riusciva a concludere), i suoi fratelli e molti altri; e sempre l'amore e le confidenze mescolate ovunque. Non ha detto niente contro Penautier. Dopo questa confessione, l'hanno comunque messa fin dal mattino sotto tortura, ordinaria e straordinaria: non ha detto di più. Ha chiesto di parlare con il signor Procuratore generale;[65] è stata un'ora con lui: non si sa ancora di che cosa sia trattato. Alle sei l'hanno portata nuda in camicia e con la corda al collo, a Notre-Dame, a fare l'ammenda onorevole; e poi l'hanno rimessa nella stessa carretta, dove l'ho vista io, gettata all'indietro sulla paglia, con una cuffietta bassa e la sua camicia, un dottore[66] accanto a lei, il carnefice dall'altra parte: in verità costui mi ha fatta rabbrividire. Chi ha visto l'esecuzione dice che è salita sul patibolo con molto coraggio. Per quanto mi riguarda, io ero sul ponte di Notre-Dame,[67] con la buona d'Escars; non si è mai vista tanta gente, né Parigi così commossa e attenta; e non chiedetemi cosa abbiamo visto, perché io non ho visto che una cuffietta; ma alla fine questo giorno era dedicato a questa tragedia. Domani ne saprò di più e ve lo riferirò.

---

65 Achille di Harlay, Procuratore generale al parlamento di Parigi dal 1667, fu nominato primo presidente nel novembre del 1689. (*N. d. T.*)

66 L'abate Edme Pirot (1631–1713), teologo e professore alla Sorbona. (*N. d. T.*)

67 Senza dubbio alla finestra di una delle sessanta case che sorgevano sul ponte a quel tempo.

Si dice che l'assedio di Maestricht sia iniziato e quello di Philisbourg continuato: ciò è triste per gli spettatori. La nostra amichetta[68] mi ha fatto ridere questa mattina: dice che Madame de Rochefort, nel momento massimo del suo dolore, ha conservato una tenerezza estrema per Madame de Montespan,[69] e mi ha fatto l'imitazione dei suoi singhiozzi, tra i quali pare che le abbia detto che l'aveva amata da tutta una vita con un'inclinazione tutta particolare. Siete abbastanza cattiva da trovarlo divertente quanto me?

Ecco ancora un'altra sciocchezza; ma non voglio che il sig. de Grignan la legga. Il *Bonino*,[70] che non ha la testa per inventarsi un bel niente, ha ingenuamente raccontato che quando era sdraiato l'altro giorno in confidenza con la Trappola per topi,[71] lei gli ha detto, dopo due e tre ore di

---

68  Madame de Coulanges. (*N. di Perrin.*)
69  Françoise de Rochechouart de Montemart, poi marchesa de Montespan o meglio Madame de Montespan, favorita del re Luigi XIV, madre di sette figli del re, di cui sei legittimi, era già caduta in disgrazia presso il re, che da qualche anno gli preferiva Madame de Maintenon. Tre anni dopo la morte della marchesa di Brinvilliers e l'arresto di molte altre persone implicate nell'*Affare dei veleni*, venne citata in giudizio insieme alla cognata e alla sua cameriera, per aver partecipato ad alcune messe nere organizzate della fattucchiera Catherine Montvoisin, detta «la Voisin», con la complicità dell'abate Étienne Guibourg, prete scomunicato, in cui si dice che fossero stati sacrificati anche dei neonati figli di popolane, e per aver forse avvelenato un'altra delle favorite. Anche se la Voisin disse d'averle venduto solo dei filtri d'amore destinati a riconquistare l'amore del re, la Montespan perse definitivamente il favore del re e nel 1691 fu costretta a lasciare Versailles per ritirarsi in un convento nei pressi di Parigi; alla sua morte, avvenuta il 27 maggio 1707, il re proibì ai suoi figli di portarne il lutto. (*N. d. T.*)
70  Il conte de Fiesque. (*N. di Perrin.*)
71  Madame de Lyonne; epiteto presente anche nella *Corrispondenza di Bussy*, (tomo III, pagg. 234 e 235). Roger de Rabutin, conte de Bussy, detto Roger de Bussy-Rabutin, cugino di Madame de Sévigné. (*N. d. T.*)

conversazione: «Bonino, ho qualcosa nel cuore contro di lei». «E che cosa, signora?» «Lei non è devoto alla Vergine; ah lei non è devoto alla Vergine: ciò mi fa una strana pena». Spero che voi siate più saggia di me e che questa sciocchezza non vi colpisca, come ha colpito me.

Si dice che Louvigny[72] abbia trovato la sua cara moglie intenta a scrivere una lettera che non gli è piaciuta; il rumore è stato grande. D'Hacqueville è occupato a rammendare tutto: crediate bene che non è da lui che conosco questo piccolo affare; ma non è meno vero, mia cara bella.

### 559. – DA MADAME DE SÉVIGNÉ A MADAME DE GRIGNAN.

Parigi, mercoledì 22 luglio.

Sì mia cara, è proprio quello che voglio; sono contenta e consolata del tempo che trascorro vedendovi, del felice incontro dei miei sentimenti con quelli del sig. de Grignan. Sarà molto felice d'avervi quest'estate a Grignan: ho tenuto in considerazione il suo interesse a scapito della cosa che mi è più cara al mondo, che è di vedervi; ed egli pensa a sua volta a come farmi piacere, impedendovi di risalire in Provenza, e facendovi prendere un mese o sei settimane d'anticipo, che mi fanno un piacere sensibile, e che vi tolgono tutta la fatica dell'inverno e delle strade cattive. Niente è più giusto di questa disposizione; mi fa sentire tutte le dolcezze di questa speranza, che noi amiamo e stimiamo tanto. Ecco che la questione è quindi risolta; ne parleremo ancora più d'una volta, e più d'una volta vi ringrazierò per questa compiacenza. La mia carrozza non

---

[72] Il nome è scritto per intero sia nel manoscritto che nell'edizione di La Haye (1726). In quella di Perrin c'è solo l'iniziale L***.

vi mancherà a Briare, purché possa ritornare dall'acqua del fiume: passiamo ogni giorno a guado il nostro fiume Senna facendoci beffa di tutti i ponti dell'Isola.

Ho appena scritto al cavaliere, che era preoccupato per la mia salute. Gli rispondo che sto molto bene, a parte il fatto che non posso stringere la mano né ballare la *bourée* (ecco due cose la cui privazione mi è molto penosa), ma che voi riuscirete a guarirmi. È vero che ho ancora un po' di dolore alle ginocchia ma questo non m'impedisce di camminare: al contrario, soffro quando sono seduta troppo a lungo. Vi ho detto che l'altro giorno sono stata a pranzo a Sucy,[73] a casa della presidente Amelot, con i d'Hacqueville, Corbinelli, Coulanges e il buon abate? Sono stata felice di rivedere quella casa, dove ho trascorso la mia bella giovinezza: non avevo reumatismi a quel tempo. Le mie mani non si chiudono del tutto; ma le uso per fare tutto, come se nulla fosse. Amo lo stato in cui mi trovo; e tutto il mio timore è d'ingrassare, e che non mi vediate la schiena piatta con la mia bella altezza. In una parola, mia cara, lasciate andare le vostre preoccupazioni e non pensate che a venirmi a trovare. Ecco il nostro Corbinelli che vi renderà conto di lui. Villebrune dice che mi ha guarita, ahimè! Sono lieta che sia un bene per lui: *in ogni modo*[74] non è in grado di trascurare ciò che lo attira dei Vardes e dei Monceaux.[75] Vardes chiede a Corbinelli che, in questo

---

[73] Suzy è un grazioso villaggio a quattro leghe da Parigi (tra Boissy-Saint-Léger e Ormesson), dove Philippe de Coulanges, nonno materno di Madame de Sévigné, fece costruire, nel 1620, una bella casa che apparteneva allora al nobile franco-tedesco de la Tour. È in questa casa che Coulanges ritrovò il vecchio letto di famiglia su cui fece una canzone. V. la lettera del 16 luglio 1677. (*N. dell'edizione del 1818.*)

[74] In italiano nel testo originale. (*N. d. T.*)

[75] M. de Moulceau (*il cui nome è spesso scritto Monceaux e Mouceaux*), presidente della camera dei conti di Montpellier, con il quale

pensiero, lo veneri come il dio della medicina. Egli potrà intrattenerli molto bene, e su questo capitolo, e su molti altri: è un uccellino impaurito che non sa dove riposare.

Ancora una parolina sulla Brinvilliers: è morta come ha vissuto, cioè risolutamente. Entrò nel luogo dove la si doveva torturare; e vedendo tre secchi d'acqua disse: «Certamente volete affogarmi, perché per la mia statura, non pretenderete che riesca a bere tutto questo». Ascoltò la sua sentenza, fin dalla mattina, senza spavento né debolezza; e alla fine lo fece ricominciare, dicendo che quella carretta di prima l'aveva colpita, e che aveva perso il filo del discorso. Disse al suo confessore, per la strada, di far mettere il carnefice davanti a lei, «per non vedere,» disse, «quel mascalzone di Desgrais che mi ha catturata»: egli era a cavallo davanti alla carretta. Il suo confessore la riprese per questo sentimento ed ella disse: «Ah mio Dio! vi chiedo perdono; che mi sia dunque lasciata questa strana vista»; e salì sola e a piedi nudi sulla scala e sul patibolo, e fu per un quarto d'ora sistemata con cura, rasata, piegata e raddrizzata dal carnefice: vi fu un grande mormorio e una grande crudeltà. Il giorno dopo si cercavano le sue ossa, perché il popolo diceva che era santa. Aveva, disse, due confessori: uno che diceva che bisognava dire tutto, e l'altro no; ed era consapevole di questa diversità, dicendo: «Posso fare in coscienza tutto quello che mi piace»: le è piaciuto di non dire niente. Penautier ne uscirà più bianco della neve: la gente non è contenta, tutti sono convinti che in tutto ciò ci sia del marcio. Ammirate la sventura: questa creatura si è rifiutata di capire ciò che si voleva da lei, e ha detto ciò che non le veniva domandato; per esempio, ha detto che il sig. Fouc-

---

la signora de Sévigné intrattenne più tardi una corrispondenza. V. la lettera del 17 aprile 1682. (*N. dell'ed. del 1818.*)

quet[76] ha mandato Glaser, il loro farmacista avvelenatore, in Italia, per avere un'erba con la quale si fa del veleno: aveva sentito dire questa bella cosa a Sainte-Croix. Guardate quale eccesso d'accanimento e quale pretesto per uccidere questo miserabile.[77] Tutto ciò è ancora molto sospetto. Si aggiungono ancora molte cose, ma per oggi basta.

Si sostiene che l'on. de Luxembourg intenda tentare una grande azione per soccorrere Philisbourg; si tratta di un affare pericoloso. L'assedio di Maestricht continua; ma il maresciallo d'Humières prenderà l'Aire,[78] per giocare a scacchi, come ho detto l'altro giorno; ha preso tutte le truppe che erano destinate al maresciallo di Créquy; e gli ufficiali destinati a quell'esercito sono tornati in Germania, come la Trousse, il cavaliere du Plessis e altri. I nostri ragazzi sono rimasti con Monsieur de Schomberg: mi piacciono molto

---

[76] Il nome è scritto per intero nel manoscritto. L'edizione di Perrin e le stampe precedenti danno solo l'iniziale F***. «La Brinvilliers dichiarò, prima del suo supplizio, che Foucquet, al momento del suo arresto, aveva un grande progetto e aveva inviato Glazel (e non Glaser; nel manoscritto c'è Glassier), suo farmacista, a Firenze, per imparare l'arte di preparare veleni subdoli... Questo fatto è enunciato negli interrogatori inseriti nel processo verbale della tortura di un amico di Sainte-Croix, Jean Maillart, revisore dei conti, che fu condannato con sentenza della Camera dell'Arsenale, del 20 febbraio 1682, ad avere tagliata la testa per delitto di lesa maestà, perché era a conoscenza di un complotto ai danni del Re e aveva taciuto». (*N. dell'ed. del 1818.*)

[77] In traduzione il testo del 1734 e dell'edizione di Rouen; in quella di La Haye si legge: «per rattristare questo miserabile»; nell'edizione Perrin (1754) invece: «per uccidere quel povero disgraziato».

[78] Il maresciallo de Luxembourg cercò in effetti di soccorrere Philisbourg, ma false informazioni ed errori di marcia lo impedirono. Un fallimento sembrava inevitabile e si ritirarono. «Il Re apprese domenica 2 di questo mese la presa dell'Aire. Questa piazza così importante e ben fortificata ha tenuto solo cinque giorni di trincea aperta davanti all'esercito del Re comandato dal maresciallo d'Humières.» (*Gazette* dell'8 agosto 1676). (*N. d. T.*)

di più lì che con il maresciallo d'Humières. Monsieur de Schomberg favorirà il nostro insediamento e le fortificazioni di Condé, come Villa-Hermosa Maestricht e il principe d'Orange. Tutto questo si surriscalda molto: tuttavia a Versailles ci si rallegra ogni giorno dei piaceri, delle commedie, delle musiche, delle cene sull'acqua. Si gioca ogni giorno al *Reversi* nell'appartamento del Re, con la Regina e tutte le dame e i cortigiani. Il Re e Madame de Montespan tengono un gioco; la Regina e Madame de Soubise, che gioca due pistole su cento quando Sua Maestà prega Dio, un altro; poi ci sono Monsieur e Mme de Créquy, Dangeau e i suoi *croupiers*, Langlée e i suoi: ecco dove si vedono perdere o vincere ogni giorno due o tremila luigi. L'amica di Madame de Montespan è meglio di quanto non sia mai stata; è un favore a cui lei non s'era mai appressata; così va il mondo. La nostra amichetta[79] non è più entusiasta.

Madame de Nevers è bella come il giorno, e brilla forte, senza che ce ne fosse bisogno. La signorina di Thianges[80] è notevole; ha tutto ciò che ci vuole in una ragazza grandicella.[81] Il Palazzo dei Grancey è proprio com'era prima, nulla cambia. Il cavaliere di Lorena[82] è molto maleducato e languido: e avrebbe avuto tutta l'aria d'essere già abbastanza avvelenato, se la signora di Brinvilliers fosse stata sua erede. Monsieur le Duc dà il suo quartiere estivo in questo quartiere ma Madame de Rohan se ne va a Lorges:

---

[79] Madame de Coulanges. (*N. di Perrin.*)

[80] Sorella di Mme de Nevers e nipotina di Mme de Montespan.

[81] Nel manoscritto si legge: «Ha il nero e tutto ciò che ci vuole in una ragazza grande».

[82] Questo è il testo dell'edizione del 1726. Nell'edizione Perrin, si legge il cavaliere di \*\*\*; nel manoscritto invece c'è solo *il cavaliere* abbreviato. Invece di *molto cattivo*, o *molto maleducato*, che Perrin ha omesso, nell'edizione di La Haye (1726) c'è *tutto maleficiato*.

ciò è un po' imbarazzante.[83] Non vorreste un po' sapere delle notizie dalla Danimarca? ed ecco che cosa ricevo dalla buona principessa. Credo che vi farà piacere vedere questa grazia del Re: è così che si diminuiscono le pene, invece di aumentarle.[84]

Anche io, mia carissima, ricevo la tua lettera del 15. Ciò che si dice sul vostro viaggio; me lo dite sempre con tanta amicizia e tenerezza, che ne sono toccata dal profondo del cuore, e sono stupita di aver potuto trovare in me ragione e considerazione sufficiente per i vostri Grignan, per lasciarvi ancora a loro fino al mese d'ottobre. Guardo con tristezza la perdita del tempo in cui non vi vedo, quando invece potrei vedervi: ho al riguardo pentimenti e follie, di cui il grande d'Hacqueville si burla. Egli vede bene che voi fate il vostro dovere con il signor arcivescovo di Arles: non siete a vostro agio nell'essere capace di fare tutto ciò che vuole la ragione? Vedo che adesso ne sapete più di me. Ieri dicevo di Penautier ciò che ne dite voi, sulla poca stampa che prevedo ci sarà sul suo tavolo.[85]

---

[83] La duchessa di Rohan Chabot doveva portare a Lorges Mme de Coetquen, sua figlia; ma la partenza di quest'ultima fu ritardata di un mese. Secondo questo passaggio, sembra che Madame de Coetquen fosse stata l'amante del cavaliere di Lorena, e che Monsieur le Duc ne fosse dunque il rivale. (*Nota dell'edizione del 1818.*) - Il Palazzo dei Rohan a Parigi era in place Royale, dal 1792 place des Vosges, nel Marais.

[84] La pena di morte pronunciata contro il conte di Griffenfeld era stata appena commutata in una prigione perpetua. Qui Mme de Sévigné si ricorda senz'altro di Foucquet, la cui pena era stata aggravata da un'apparente *commutazione*.

[85] All'epoca circolavano questi versi: «Si Penautier, dans son affaire, | N'a su trouver que des amis, | C'est qu'il avoit su se défaire | De ce qu'il avoit d'ennemis. | Si pour paroître moins coupable, | Il fait largesse de son bien, | C'est qu'il prévoit bien que sa table | Ne lui coûtera jamais rien».

Non so come M*** abbia fatto con suo marito, ma non ho sentito dire che ha cambiato il suo imbroglione con un altro. Il buon Hacqueville ci metterebbe al corrente di buoni affari se volesse.[86]

Per quanto riguarda le acque di Vichy, mia cara figlia, me ne rallegro: mi hanno ridato vigore, purificandomi e facendomi sudare. Il mio corpo sta bene; ciò che mi rimane non è molto; quando sarete qui, farò tutte le cure che vorrete: per quest'estate non ne ho alcun bisogno, devo pensare a Livry, perché mi sento soffocare qui, ho bisogno d'aria e di camminare: mi avrete riconosciuto quel discorso. Da quello che mi risulta, parlerete con grande sincerità del matrimonio che voi sapete;[87] scrivetemi dei vostri sentimenti per non dimenticare l'altro stile. Ciò che voi dite sulla ragione che vi fa ipotizzare che il signor di Marsiglia diventi cardinale è giustamente anche la mia: non sarà che gioioso e speranzoso di diventarlo.[88]

Si chiedono meraviglie alla Germania. Questi tedeschi[89] che si lasciano affogare in un piccolo ruscello,[90] perché non

---

(Se Penautier, nel suo affare, | Non ha trovato che degli amici, | È perché ha saputo disfarsi | Dei suoi nemici. | Se per sembrare meno colpevole, | Fa largo uso dei suoi beni, | È perché lui prevede che il suo tavolo | Non gli costerà mai niente. *Nota dell'edizione del 1818.*)

86 Questo paragrafo appare solo nell'edizione del 1726.

87 Il matrimonio di La Garde.

88 Toussaint de Forbin de Janson, che dalla diocesi di Marsiglia fu trasferito, nel 1679, a quella di Beauvais, diventandone cardinale del febbraio 1690, con la promozione di papa Alessandro VIII. (*N. di Perrin, 1754.*)

89 Nell'edizione di Perrin si legge invece: «Cosa ne dite di questi tedeschi, che si lasciano, ecc.?»

90 Probabilmente la sorgente della Lauter, presso la quale il duca di Lorena era accampato. *La Gazzetta* annunciò a più riprese che verso la fine di luglio 1676, gli imperiali, nell'assedio di Philisbourg, erano stati costretti a sospendere i loro attacchi a causa delle inondazioni.

hanno l'intelligenza di deviarlo. Si crede che il sig. di Luxembourg li batterà, e che non prenderanno Philisbourg: non è colpa nostra se si rendono indegni di essere nostri nemici. Mia carissima e molto amabile, sono tutta vostra: non dubitatene mai.

Mio figlio è nell'armata del signor di Schomberg: ed è attualmente la più sicura. Cosa mi dite dei Grignan che sono appena arrivati? Vi abbraccio tutti quanti, e saluto molto rispettosamente il signor Arcivescovo.[91]

---

[91] L'arcivescovo di Arles.

www.ingramcontent.com/pod-product-compliance
Lightning Source LLC
LaVergne TN
LVHW030344070526
838199LV00067B/6437